囚徒

——天母河傳說之二

李鋭——著

庚子政治神學
——李銳《囚徒》

王德威

「本想是走向天堂的人，結果卻走進了地獄。」

《囚徒》是李銳小說《張馬丁的第八天》（二〇一一）續篇。《張馬丁的第八天》講述庚子義和團事件前夕，一樁發生在太行山腳下天母河岸邊的離奇教案。方濟各教會年輕的教士喬萬尼．馬丁由義大利家鄉來到天石鎮，改名張馬丁，矢志奉獻天母河教區，卻在一場教會與地方娘娘廟信徒的衝突中喪命。就在官府捕獲主犯、準備就地正法同時，張馬丁幽幽地活了過來。然而他的「復活」卻被萊高維諾主教刻意隱瞞，小說由此展開一連串驚人的逆轉。

上世紀八十年代李銳崛起於山西，曾以《厚土》、《舊址》、《無風之樹》等作享譽一時，甚至贏得諾貝爾獎評審的青睞。新世紀以來李銳與文學界主流漸行漸遠，終於退出國家級文學組織——作協。李銳的作品量少質精，描摹山西百年歷史風物，充滿沉鬱悲憫的氣息。他關心人間苦難，卻不墮入各種名目的現實主義窠臼；他更願直面天地不仁的根本境遇，思考「死者即以休，生者何自守」的難題。李銳的小說每每富有寓言向度，不是偶然。

李銳在《張馬丁的第八天》中將思考提升到超越層次。他叩問人與神的關係，苦難的限度，此世與來生的有無，信仰與背叛的二律悖反，還有惡的定義。小說處理了一系列矛盾情節：萊高維諾主教一心拯救中國百姓，卻採用了最殘酷的方式，對付地方異教信徒。張馬丁是主教最寄予厚望的接班人，「復活」後卻寧願叛離教會，堅持自己的真理。娘娘廟的信徒如此執迷傳宗接代，甚至在洋鬼子身上找到生殖循環的妙方。神是什麼？神蹟如何界定？神恩可能以天譴的方式呈現麼？越期望救贖，越可能遇見誘惑與墮落。「本想是走向天堂的人，結果卻走進了地獄」。

李銳的思考並不止於此。小說發生在一八九九年義和團事件爆發的前夕，中國與「現代」衝突的危機時刻。西方的外交、軍事威脅層層逼近，宗教勢力也不斷擴張。李銳筆下的天母河正是十九世紀天主教與基督教各教派的必爭之地。與此同時，大清皇權搖搖欲墜，傳統天命不再能應付求新求變者的呼籲，一般平民百姓則從另類信仰中找尋靈魂寄託。白蓮教、紅燈教還有其他民間宗教活動此起彼落，義和團從山東、河北蔓延開來。在南方，一種名叫「革命」的信念開始滋生。

二十世紀之交，「驅魅」的工程方興未艾，新的神祇已經迫不及待進駐。神魔交鋒，「真正」的信仰何在？但有沒有這樣的可能：救贖人心不只是信仰問題，更是管理和清算問題？換句話說，宗教、政治、甚至經濟形成最複雜的連動關係。為了普渡眾生，先要羈縻眾生。神的恩典與人的欲望從來不易釐清，兩者之間的權力讓渡和交換尤其耐人尋味。小說於此進入驚心動魄的高潮。離開教會的張馬丁一無所有，貧病交迫，大風雪夜裡仆倒娘娘廟前，一個癲狂的神祕女人收容了他，視為天賜。不該發生的發生了。張馬丁最終死去，庚子事變爆發，來年地方上出生了五個金髮碧眼的中國嬰兒……。

《張馬丁的第八天》描寫現代中國開端所面臨的困境，在在讓人無言以對。這本小說不能符合主旋律的期待，也沒有市場和學院的反響，並不讓人意外。在「中國夢」的喧譁聲中，李銳選擇走自己的路。他是孤獨的。然而作為問題存在的「張馬丁」顯然常相左右，促使他不斷思考答案。十年之後，《囚徒》登場。

《囚徒》始於義和團事件爆發之後。一手炮製張馬丁事件的萊高維諾主教已在亂中被活活燒死。那個在娘娘廟接納張馬丁，並且受孕生子的婦人張王氏沿河漂走，不知所終。庚子事變帶來地方和朝廷鉅大災難，當初審理張馬丁案的東河縣知縣孫孚宸被視為罪魁禍首，立遭革職押送入京，沿途並須親赴各個被劫掠的教堂負荊請罪。這只是又一輪災難的開始。一場大洪水摧毀天母河兩岸方圓數百里，天石村村民無論信的是上帝還是女媧娘娘，都逃到女媧娘娘補天遺留的一方巨岩上避難——那正是娘娘廟的所在。洪水退去，霍亂接續，死者無數。

李銳以冷靜的筆觸描寫天災人禍，指出其中不可思議的種種。天石村上村張家八百餘口原是娘娘廟最虔誠的信徒，在教會與官府追捕義和團餘孽的過程中走投無路，一夕之間，全體決定改信天主。天石村下村農民一直仗恃洋教支持，卻在大洪水和瘟疫中投向娘娘廟避難。清廷原本支持義和團起義，事變之後屈從國外勢力，視效忠官員如寇讎。這些不得已的轉向只能讓芸芸百姓的信仰更加紊亂，也帶來更多衝突和死亡。

李銳的提問是，我們如何面對如此荒誕也荒涼的人間情況？面向神祇的召喚還有用麼？抑或就算眾神不再，也必須從虛空裡再造出一個神以為膜拜？就此，我們不禁聯想卡爾·施密特（Karl Schmitt）的政治神學論。[1]施密特目睹現代世紀諸神退位，理性當道，反而帶來意想不到的亂象，因此設想「人間」的神學復返。這個神——曰主權，曰主義，曰國家領袖，曰德先生賽先生——不論名目為何，要之必能以無上權威，讓人民如信眾般追隨，祭「神」如神在。政治神學一刀雙刃，一方面批判啟蒙理性的黑洞，一方面也為現代性的「神聖暴力」背書。然而我們不能無惑的是，施密特這類論述難道就此坐實了現代神學與政治的本質麼？

施密特的論述有其保守右翼根源，甚至與納粹理念掛鉤。何其反諷的是，他的大名與理論卻是近三十年中國大陸學界從新左到新國學派的金字招牌（又或者其間原本就有暗通款曲之處，毫無反諷可言？）。作為小說創作者，李銳無須理會任何西方理論，重要的是，他能憑藉「可畏的想像力」（fearful imagination），[2]回溯百年中國版政治神學可能的線索，反而能見人之所不能見。他寫出庚子事變不僅源於中西政教衝突，更關乎中西精神超越面如何歸屬。事變的創傷與屈辱啟動中國現代經驗，也成為日後反帝反殖、革命啟蒙論述的源頭。李銳未必不同意這一論述，但藉著《張馬丁的第八天》和《囚徒》，他有意做出更深層次的回應。

李銳從教會、民間和官場三方面呈現信仰的政治性與政治的宗教驅力，並力圖演繹其間的消長關係。他不提出肯定答案，留下令人省思的裂縫。庚子亂後瑪麗亞嬤嬤和馬修醫生收拾殘局，力圖讓教裡教外的徒眾和平共存。瑪麗亞嬤嬤顧名思義，是《囚徒》中聖母精神的化身。她曾經視張馬丁如己出，也願挺身而出，處理張馬丁藏在娘娘廟中的遺骸。她提議在

1 Carl Schmit, Political Theology, *Four Chapters on the Concept of Sovereignty*, George Schwab (trans.)（Chicago: University of Chicago Press, 2005）.

2 語出漢娜．阿倫特（Hannah Ardent）對集中營的討論，見John Keiss, *Hannah Ardent and Theology*（London: Bloomsbury T & T Clark, 2016）, chapter 2.

娘娘廟現址上重建天主堂，奉主之名，包容女媧娘娘信仰。然而她的努力不僅遭到信徒抵制，也承受教廷的責難。在瘟疫肆虐高潮，避難娘娘廟中的教徒打破藏有張馬丁遺骸的牆壁，挫骨揚灰。儘管如此，瑪麗亞嬤嬤無怨無悔，最後為救助霍亂患者，染疫不治而亡。瑪麗亞嬤嬤曾與馬修醫生曾有如下對話：

「嬤嬤……你還曾經說過，如果是這樣，我們就接受這一切。」

「是的，神父。接受這一切。接受所有的天堂和地獄。」

「……接受所有的天堂和地獄……」

「是的，神父。接受所有能夠想像到的，和所有不能想像的一切。」

藉著張馬丁的「兩次」死亡，還有瑪麗亞嬤嬤的犧牲，李銳想像最最離經叛道的信仰，最激烈的慈悲。「我不入地獄，誰入地獄？」但即使入了地獄，也才是更恐怖的試煉起點。萊高維諾主教操弄張馬丁死而復生的意外，成就教廷權威，張馬丁卻堅持昭告真相，以致被逐。教會的門牆何等森嚴，背棄者的命運比異教徒有過之而無不及。張馬丁垂死之際被迫與娘娘廟裡一群村婦交媾，是當代中國小說中最不堪、也最魅惑的場景之一。就算死後，他也落得屍骨無存。與張馬丁對應，瑪麗亞嬤嬤在《囚徒》中不斷試探愛與悲憫的底線——或沒有底線。她將天主堂重建在娘娘廟裡，企圖與異教和解。她對神恩的信念與對奇蹟期待如此堅實，甚至有了依自不依他（祂）的姿態。

其次，李銳處理庚子前後民間此一時也，彼一時也的反應。天石村張姓族人原本信奉女媧娘娘，因此與地方天主教勢力產生嚴重衝突。事變之後，族長張五爺迫於情勢，決定率領全體族人改信天主。與其說他們是誠心皈依，不如說是為自保而改宗。這裡有著「要錢還是要命」的算盤，也盡顯宗教成為「保本」的籌碼。一種經濟神學正在悄悄蔓延。而原本信奉天主教的地方居民何嘗沒有類似的算計？他們對瑪麗亞嬤嬤的態度忽冷忽熱，對臨時「上車補票」的教徒排斥輕蔑，無不以自己的利益為依歸。人民是善良的，也可能是盲動的自私的。

與此相對，李銳又創造一個義和團的狂熱分子老三，在暴亂中燒殺擄掠，強暴心儀女子；這樣的惡棍在亂後遭重傷毀容，卻為瑪麗亞嬤嬤救活，從此幡然悔過，改頭換面。李銳寫老三的死而復生，儼然與張馬丁形成對比。但如果後者對神的追隨其來有自，我們不禁好奇前者究竟相信什麼？宗教啟悟力量？還是古老的羞惡之心？不論如何，他最後自殺而死，有如找到解脫。他人所蒙受的痛苦，又當如何？

《囚徒》中還有維新分子張五爺的兒子張天壽。他早已離開家鄉，立足通商口岸，力圖聯合洋人資本技術，以振興實業為目的。張天壽不再迷信任何宗教，透露了民族資本主義的萌芽。他力圖作為庚子事變的局外人，但卻又與傳統地方勢力藕斷絲連。他果真能自外家國的危機麼？

《囚徒》還發展了第三種面對政治神學的可能性，也是這本小說最耐人尋味的安排。東河縣知縣孫孚宸半生追逐舉業，終於得到一個七品小官。天石村民亂，他屈從萊高維諾主教要求，速速將「殺死」張馬丁的禍首定罪處死，埋下巨變種子。孫迫於情勢，不能明辨是非，談不上是個精明幹練的好官，庚子事變後首當其衝，並不無辜。但在革職論罪的過程中，他卻凜然以對，展現意外的風骨。

孫孚宸在《張馬丁的第八天》裡不具顯著位置，但李銳對此人物顯然有更多想法。《囚徒》以孫孚宸負枷進京論罪開始，以孫孚宸受命就地正法結束，說明他在小說中的重要性。李銳何以對孫的命運如此著墨？

李銳提醒我們，庚子事變多少地方官吏或閉關自守，或一走了之，孫孚宸卻寧願面對亂局：

> 孔聖人說，三軍可奪帥也，匹夫不可奪志也……這忠孝二字是人生大節，為臣而不能忠君，為子而不肯孝敬父母者乃大逆不道，是禽獸之為也。我要是一走了之，和殺人放火的義和團，和落草為寇的張天保豈不是一模一樣？你想想，連高主教在危難之際都

> 能守志不移坦然赴死，我一個堂堂朝廷命官豈能棄土拋責妄自逃生？

相對萊高維諾主教代表的殉教之舉，孫孚宸端出儒家家法彰顯求仁得仁的立場。他的形象也許迂腐，但絕不乏自尊，那是士大夫傳統的絕唱。由此我們得見李銳的用心。在政治神學即將席捲現代世紀的彼端，李銳仍不放棄一種純粹的，對「聖人之道」的嚮往。但孫孚宸所執著的君君臣臣父父子子還能應付歷史的狂飆麼？

小說最後，李銳的敘事邏輯又有所翻轉。當朝廷急令孫孚宸就地正法時，他坦然接旨，其實心中早有決定：與其受戮，不如自死。小說開始之際，孫其實心心念念代國受辱，視死如歸。所謂「國之將破，士之赴死。庶幾苟免無恥二字矣。」然而小說將盡，他自裁的決定不再出自「君要臣死，臣不得不死」，而是在邁出他曾管轄的領域之前，「為自己而死」：

> 人生一世無非生死二字。我人在官場，一輩子瞻前顧後身不由己，謹小慎微如入囚籠。如今，這最後一死，總算能自裁，為自己而死，非為君命而亡。

張馬丁死了，萊高維諾主教死了，孫孚宸、瑪麗亞嬤嬤、張氏兄弟……也都死了。一代人的信仰與迷昧成就了建於娘娘廟廟基上的天主堂。但辛亥革命三十年後，日軍侵華，天石村，娘娘廟，天主堂一切都被夷為平地，彷彿再一次回到洪荒世界。

《張馬丁的第八天》與《囚徒》不是可以簡單歸類的歷史小說，而是李銳創作四十年心路歷程的告白。回顧他如何捍衛自己的文學信仰，他何嘗不就是張馬丁，何嘗不就是孫孚宸。但如前述，李銳的創作不能局限於文學或政治寓言，他毋寧藉小說作為平台，思考現實中所無從或無法思考的。神聖與墮落的分野，文明與野蠻的兩難，還有圖騰與禁忌的誘惑。天地洪荒，一切終歸長夜，他的敘述在在透露一種宗教性（而非宗教）的超越想像，這是作協派作家所不能也不敢企及的。

人生一世，有如囚徒，突破現狀，尋求解脫，需要多大的智慧和勇氣？而李銳的決絕何等懾人心魄，有如張馬丁最後遺言：

「你們的世界留在七天之內，我的世界是從第八天開始的。」

＊

《張馬丁的第八天》出版後，李銳個人生命遭遇劇變。如其後記所言，他曾徘徊死亡邊緣，居然能夠「重生」而且創作，何其不易。李銳早已脫離主流文學界，在極孤獨的環境裡一點一滴寫就《囚徒》。這本小說從命題到人物和故事，無不折射作者個人的心影。但李銳毫無自憐之意，他重回庚子現場，遙想那一代人——男人和女人，洋人和中國人，好人和壞人——如何在世紀之交的迷茫與狂亂中，摸索、定義肉身和靈魂的糾纏，為之感嘆，為之低徊。他想起鼓曲《丑末寅初》：

> 丑末寅初日轉扶桑，
> 我猛抬頭，見天上星，
> 星共斗、斗和辰，
> 它是渺渺茫茫、恍恍惚惚、密密匝匝，
> 直沖霄漢減去了輝煌。

庚子事件後，我們又經歷了二輪庚子年。在新世紀裡，在大疫變中，此岸與彼岸造神運動依然如故。閱讀李銳小說，我們豈能不心有戚戚焉？

王德威，美國哈佛大學Edward C. Henderson講座教授。

目次

楔子

《張馬丁的第八天》和《囚徒》的發表相隔十年，可它們講述的卻是同一場悲劇。一百二十年前的庚子之亂，讓兩個世界、兩種不同信仰的人陷入在同一場浩劫之中。

當年虔誠的萊高維諾主教，從義大利帶著他情同父子的神學院學生喬萬尼來到中國，並為他取了一個中國名字張馬丁。從此兩人不畏艱險，在太行山腳下的天母河兩岸傳播主的福音。可千百年來屹立在天母河巨大天石上的女媧娘娘廟，卻成為他們無法跨越的障礙。終於，連續三年的大旱送來了機會。聖母升天節的那天，抬著女媧娘娘祈雨的迎神會村民在天石鎮天主堂和教民發生了衝突，混亂中張馬丁被亂石擊中倒地而「死」。主教拒絕了東河知縣孫孚宸大事化小的建議。在主教大人催逼之下，孫孚宸只能將迎神會首張天賜判處死刑。並和高主教一起到天石村監斬。就此，去拯救的和被拯救的結下血仇。

可孫孚宸和村民們都不知道的是，張馬丁在「死」去三天後，又復活了。主教嚴密封鎖消息，他堅稱主的僕人張馬丁已死，聖徒喬萬尼的復活是主的意志，與愚昧無知的村民無關。主教讓喬萬尼留起鬍鬚，並宣布被主選定復活的喬萬尼將是天母河教區的接班人。三個月後，傷癒復出的張馬丁終於知道了真相，他不顧主教的一再勸告，無論如何也無法接受主教的違背戒命——「不可作假證陷害人」。張馬丁決心要去天石村，說出真相。哪怕這真相會讓自己墮入深淵，哪怕這真相會讓自己成為主的獻祭。這讓把喬萬尼視同親子的瑪麗亞嬤嬤心痛如割。就此，被逐出教門的張馬丁成為了主教和教民眼中的猶大、叛徒、魔鬼。而在天母河民眾眼中他就是捏造假案殺死張天賜的真凶。口念天主，心在煉獄的張馬丁受盡侮辱、唾罵，流落乞討七天。終於在第八天黎明前的狂風嚴寒中，昏死在娘娘廟張天賜遺孀張王氏的眼前。此刻，痛失親人，又沒能為張家生下男孩的張王氏，已經在絕望中陷入癲狂，自認是聖母娘娘下凡，住在娘娘廟裡接受村民的供奉。癲狂的女人認定這個送到自己眼前的男人，就是女媧娘娘送來的轉世神童，就是自己失而復得的丈夫。她用自己的身體溫暖了凍僵的男人。並決心要讓這個轉世神童，為自己也為天石村留下種子傳宗接代。這恐怕是張馬丁做夢也不會想到的比深淵更深的深淵。最後結束了這場獻祭的是死亡。張王氏和受她指派的女兒會的女人們，把為大家留下種子後最終死去的張馬丁，祕密砌在了娘娘廟東廂房的夾壁牆裡。

血仇必然會引發更大的血仇。在張天賜的弟弟神槍手張天保的步槍支持下，義和團終於攻破教堂，屠殺了所有的傳教士，和持槍堅守的教民。把他們最痛恨的萊高維諾主教綁在十字架上點燃了熊熊大火。一心要進天堂的人，最終都走進了地獄。

浩劫之後，一場滔天洪水淹沒了一切。女媧娘娘留在天母河裡的那塊巨大的天石，成了最後救命的石舟。不信教的、信教的、和所有能逃出來的動物們，都聚集在石舟上。人們淚流滿面地跪地禱念「娘娘保佑」「哈利路亞」……

洪水退去廢墟遍野。瑪麗亞嬤嬤和馬修醫生，帶著救命的賑濟糧款來到瀕臨死亡的天石村，同時領走了那倖存下來的四個混血兒。並在張王氏的指引下，找到了喬萬尼的祕密葬身之處。失去一切心如死灰的張王氏，在一次河邊洗衣的時候，忽然停下手來，坐進自己的大木盆順流而下，不知所終。

最終，去壓迫的和被壓迫的，去仇恨的和被仇恨的，相互屠殺的和相互扶持的，捨身取義的和苟且偷生的，還是都身不由己地留在了這個萬劫不復的此岸。

這是一首哀歌。這是一個關於人的寓言。

浩劫之後活下來的芸芸眾生們又將何去何從呢……

二〇二一年四月二十一日草，二十六日修定

臘月三十月光明，
八月十五黑咕隆咚。
天上沒雲下大雨，
樹梢不動刮大風。
刮得石頭滿街滾，
雞蛋一動也不動。
這個雞蛋碰在石頭上，
把石頭碰了個大窟窿。
雞蛋破了鍋子鍋，
石頭破了用針縫。
還有一個新鮮事兒，
耗子下了個大狗熊。

—— 題記・北方童謠〈荒唐歌〉

第一章

一

陳五六把纏在鐵鐐兩端套口上的布條打扣繫死，又使勁捋了兩把，這才抬起頭來：「孫大人，枷板兒呢，我給您挑了副最輕省的，再有這布條襯著，您能少受點罪，省得鐵鐐子把手腕子、腳腕子給您磨破了。您要是累了，想解手兒了，言語一聲，我給您打開枷咱們歇歇再走。」

孫孚宸慘澹一笑：「陳捕頭，我肩膀上的人頭不知什麼時候就砍了。這手腕子、腳腕子給誰留著？」

陳五六急忙勸解：「孫大人，孫大人，您可別介！可別這麼說！這天無絕人之路，孫大人……」

孫孚宸一臉的苦笑：「現在哪兒還有孫大人？我如今是朝廷緝拿的罪人，你沒聽上諭怎麼說的：革去七品頂戴，褫奪功名，削職為民，著戴枷赴京請罪，至刑部聽候發落。准應義大利國、法蘭西國公使多次照會所請，特命沿途所經一切義、法兩國天主教堂皆需戴枷親往門前跪叩謝罪，不可稍有怠懈自作減免，違免一次罪加一等……陳捕頭，孫某人眼下承蒙照應，千恩萬謝感激不盡，現在該我叫你大人了。」

陳五六當下紅了眼睛，連連抱拳作揖：「孫大人，孫大人，您這不是折我嗎？說到底您也是金榜題名的進士，也是朝廷命官。自古到今這清官遭貶的冤案多了去了，等到哪天官軍抓著張天保，咱們天石鎮教堂血案自有案首，您也自有出頭洗冤的那一天。再說啦，這案子起頭兒也是高主教先弄了個假死案，騙殺了張天賜，才激出民變的不是……」

隨著腳下嘩啦啦的鐵鍊聲，孫孚宸擺手擋住陳五六：「陳捕頭，庚子之亂最後鬧到京師淪陷，兩宮西狩，連皇上都下了罪己詔，連親王貝勒、尚書巡撫都砍頭的砍頭，流放的流放。咱們天石鎮天主堂一案死傷逾百，洋教士死了十幾位，高主教被拳匪綁在十字架上活活燒死，案子鬧得轟動全省，我這當知縣的如何能無罪脫責？生靈塗炭，百姓遭難，我這麼個七品知縣米豆之官，不株連九族誅殺全家，已經是千幸萬幸皇恩浩蕩了。」

陳五六搖頭嘆氣：「說了多少回，勸了多少回，讓您走，讓您走，三十六計走為上，您可不聽呀！連皇上太后都撂下北京城走了，都撂下紫禁城不管了。可世界的兵荒馬亂，連縣衙門都叫義和團給放火燒了。天石鎮天主堂血案連洋槍洋砲都使上了，槍子兒手雷炸得震天動地，這能不死人嗎？這誰能擋得住呀？您可死守著個東河縣不走，算是怎麼話兒說的呀？

您這不是自找苦吃，等著受罪嗎？」

孫孚宸淡然應道：「陳捕頭，我不過是一介庸人。既不敢自詡英雄，又無鐵肩擔當天下道義。無非略有知恥之心。既享國之俸祿，豈可尸位素餐？國難當頭，我這一縣之首豈能棄土拋責一走了之？孔聖人說，三軍可奪帥也，匹夫不可奪志也。我一介庸人無志可奪。平心而論，我守著東河縣，充其量也不過就算是守一點最後的知恥之心。孟子曰，無君無父，是禽獸也。這忠孝二字是人生大節，為臣而不能忠君，為子而不肯孝敬父母者乃大逆不道，是禽獸之為也。我要是一走了之，和殺人放火的義和團，和落草為寇的張天保豈不是一模一樣？你想想，連高主教在危難之際都能守志不移坦然赴死，我一個堂堂朝廷命官豈能棄土拋責妄自逃生？更何況，普天之下莫非王土……陳捕頭，你我誰能逃出王法去？」

陳五六搖搖頭：「孫大人，我一個粗人不懂得您這些聖人高論。有件事情叫我掰扯不明白：您說都是在直隸當差，都是當知縣，人家懷來縣也鬧義和團，人家懷來知縣吳漁川吳大人也是死守不走，可人家不走，等來了皇上、皇太后，等來了兩宮行在。人家接駕有功，隨扈西行，還升了知府，如今名滿天下。您這東河知縣大人也是死守不走，它怎麼就等來了枷板鎖身，削職為民呢？怎麼就還得挨著門兒給人家洋教堂跪叩謝罪呢？您自己個兒好好想想，這事情它擰巴不擰巴？這事情它跟誰說理去？讓孔聖人、孟聖人都來給斷斷這案子，它到底兒公平不公平？」陳五六意猶未盡，又補了兩句，「聽說到懷來之前那幾天，一路上州府縣城、村寨民舍都空無一人，皇上皇太后水無一口，米無一粒兒，活活餓了兩三天，把老佛爺都給餓哭了。也沒聽說那些個跑了的知府知縣們現如今都治了什麼罪？」

陳五六忽然停下來。他發現孫孚宸驟然變了臉色，他在孫孚宸的眼睛裡突然看見一種熟悉的眼神，那是在老伴兒把蓮兒和百成埋在自家菜園子裡之後看見的。老伴兒在墳前轉過臉來，面對面地看著自己個兒，老伴兒說：「蓮兒他爹，我現在不信神也不怕鬼，我才不管什麼晦氣喪氣，我就是要把孩子們先埋在自己眼前頭，我就是要見天兒守著他們。打從把蓮兒和百成從菜園子井裡撈出來那天起，我就咬定了這份兒死心：你什麼時候把禍害孩子們的仇人殺了，什麼時候把老三找著，把老三的腦袋砍下來放在墳前頭給孩子們看看，咱們才能把孩子們挪到墳地去。這輩子，咱們倆就剩下這一件事了。辦完了才能死。不辦完誰也不能死！」說這幾句話的時候老伴兒的眼睛裡又黑又冷，深得好像一口看不見底的枯井。

陳五六有幾分擔心地朝孫孚宸側過身子，替他捧起枷板：「孫大人……孫大人，您大人不計小人過，我這一多嘴，是不是說錯了什麼話，您老可別往心裡去！」

孫孚宸略有些恍惚地自言自語：「醇親王奉旨越洋渡海到大德意志帝國，為德國公使謝德林被殺一事向德意志國皇帝致歉謝罪。戶部侍郎那桐那大人也奉旨越洋渡海到大日本帝國，為日本國公使館書記官杉山彬被殺一事向日本國天皇致歉謝罪。我一個七品知縣待罪之身，奉旨為天石鎮天主堂血案一事，跪叩謝罪，非我之恥，乃國之恥。非一士之辱，乃一國之辱也……」

陳五六趕緊點頭：「我明白。我明白。咱大清國打了敗仗，就沒有站著說話的份兒了，就得認栽……自打我從小兒記事兒起，咱大清國就沒打過一回勝仗，不就壓根兒沒有站著說話的份兒嗎？」

孫孚宸似乎還在自言自語，「國之將破，士之赴死。庶幾苟免無恥二字矣。豈可在義利之間斤斤計較？『儒有可親而不可劫也，可近而不可迫也，可殺而不可辱也。』[1]與其受辱，莫如受死。」

陳五六有點聽不明白了，可他還是不停地點頭：「我明白，我明白，孫大人說的都對。再說了，您這案子只說是到刑部聽候發落，到底兒咋兒發落，還不一定呢。您老可想開著點，別一張嘴就死呀活呀的，怪嚇人的。再說啦，這生死大事由天不由人不是？咱倆在這兒磨嘴皮兒，它壓根兒就是白磨不是？」

面對著這個對自己百般照應的老下屬，孫孚宸哭笑不得。孫孚宸知道，自己說不服他，捫心自問，也說不服自己。說也無用，可又不能不說。一切都如此的荒唐而又無用，一切都是如此言說不盡的荒唐和無用。自己就像一個無人搭救也無法搭救的落水者：進，無彼岸可望。退，無此岸可留。說，盡是妄說。為，盡是妄為。荒唐。真正是荒唐之至。真正是荒唐之人偏偏遇上這荒唐亂世，奈何……奈何？

看著陳捕頭殷切的眼光，孫孚宸果然放鬆了神情，微微一笑：「子曰，未知生，焉知死？陳捕頭，我如今是生死兩茫茫……你說的對，生死大限在天不在人，不說也罷。」

自從把蓮兒和百成埋在自家菜園子裡之後，陳五六覺得自己好像變了一個人，變得整天絮絮叨叨的，就是管不住自己的嘴。看見孫孚宸笑起來，他就又湊上去：

「孫大人，我估摸著孔聖人說了一輩子大道理，到臨了也不是為了叫人給他戴枷治罪不是？要是這天底下的遵聖人言的好人，全都給治了罪戴上枷，那這天下還不都歸了人家洋人，哪兒還有君臣父子站腳的地方？再說啦，現如今這天下哪還是個天下？義和團說殺人殺人，說放火放火。洋人說打仗打仗，想占地占地，想賠款賠款，說讓你賠多少就得給人家賠多少。孔聖人、孟聖人說的倒是都對，可他老人家沒碰上義和團，沒碰上洋槍洋砲洋大人不是？孫大人，您說您活是為了皇上，死是為了忠君。可人家皇上的枷板鎖的就是您這忠心忠義的忠臣。我一個衙役一個粗人，我一句聖人的話也不懂，更不知道怎麼著才算個君子，怎麼著才算是個小人。

我也給您說句掏心窩子的話，這皇上誰愛當誰當，聖人愛說啥說啥，這都不是我一個草民百姓該管的事情。我現在還吃飯，還喝水，還活著，就為了一件事兒：我這輩子非要把老三那個活畜生找出來不可，我非得親手把那幾個禍害孩子的活畜生宰了，剁了，剁成肉泥！我不給我蓮兒報了仇，不給百成報了仇，我就不算是個人！我就是個連老三也不如的活畜生！我就連一天也活不下去！

還有件事我死活也想不明白：您說這老三，說起來還是個遠房親戚，還得叫我一聲表姨父，打從十五歲上就進了我們家的門。明說是雇了他，其實是供吃供穿，到年頭兒還給他開工錢，頂是當他半個兒子養著。我們蓮兒一隻眼有點毛病，眼看過了出閣的歲數。我原來還打算說就讓蓮兒嫁給他，讓他當個上門女婿。可人家蓮兒不答應啊。人家蓮兒就看上百成了。就為這，就為自己個兒吃不到嘴裡兒，就要吃人。您說戴個洋髮簪子、使個洋鐵桶怎麼就算是二毛子了？就有了罪了？他怎麼就這麼狠心，就把義和團往家裡兒領，怎麼就忍心禍害了蓮兒，把百成打個半死，逼得倆孩子跳了井……這是人幹的事嗎？都說人心換人心呀，我怎麼就換了個畜生養在身邊兒呢？我現在誰也不恨，就恨自己個兒！就恨自己個兒是個睜眼瞎，我在自己個兒家裡親手養了一隻活狼……我還舔著臉在衙門裡兒當捕快，我真不如一頭撞死！」

孫孚宸實在無言以對，只好長嘆一聲：「哎……你呀！」

麥子已經抽穗了。天母河去年發了大洪水，洪水沖出來的淤泥大長了地力，如今，沿河兩岸良田萬頃，麥穗飽滿，玉米油綠。微風帶著萬種生機從田野上刮過來，把沁人心脾的清香直送到心底，送到不知所終的遠方。

沉浸在沁人心脾的薰風裡，孫孚宸柔和了面容，他深知自己無力安慰面前這顆滴血的心，可又不能不安慰他幾句：

「陳捕頭，古人云，覆巢之下，豈有完卵。國難當頭，你我都不過微如草芥，也算是同病相憐。陳捕頭，人生無常啊。空言無益，我也不必多說……你不要忘了，家中還有老妻在室，你自己也還有幾十年餘生要過，這可不是殺一人都能了結的。老三若是死了呢？老三若是遠走他鄉隱名埋姓呢？你可到哪裡去找？如若你一輩子也找不到仇人，又是如此的孜孜於此而不能自拔，豈不是自蹈苦海永陷喪子割心之痛？尋仇無望之恨？似這般煎熬永無出頭之日，豈不是比被老三再殺一次還要難受？陳捕頭，別太難過啦，人活一世煩惱萬千，人得自求寬心呀。你現在是奉旨辦差還有公事在身，你還得押著我一路給人家所有的天主堂跪叩謝罪吶……陳捕頭，你看看眼前，看看這千里平疇，豐收在望的好年景。誰能想到去年都還是一片寸草不生的焦土，遍地餓殍的地獄，還是一片你死我活的殺人場……」

陳五六沒有接這個話茬，還沉浸在自己的回憶裡。他指著不遠處飽滿的麥田說：「孫大人，前年個夏季天兒鬧饑荒餓死人那陣子，就是老百姓為了求雨在天石鎮天主堂門口鬧事情，最後說是張天賜打死了那個洋教士那回，是我把百成從天主堂門口的叫花子堆裡撿回家來的。百成蓬頭亂髮瘦得像個活鬼，跪在腿邊兒叫我大表舅，求我救救他。一開頭兒我都不敢認他，真不知道眼目前兒是人是鬼。等我叫他洗了臉，把他帶回家去剃了頭，換了衣裳，您猜猜，頭一頓飯他吃了幾碗炸醬麵——七碗！」他捏起三個指頭搖了搖，「整整七大碗！

要不是我攔著，他還要盛吶……」

陳五六且說且笑，忽然就哭起來，哭得熱淚縱橫，「七碗……一頓飯能吃七碗麵的孩子，您說他是餓瘋了不是……您說我到底兒算是救了這孩子，還是害了這孩子呀？啊？……他和蓮兒這一死，我就真算是絕戶了，武清縣西柳莊常七彩的獨門兒手藝，也就算是斷根絕種啦，天母河從此往後再也別想著能看見七彩門神啦……是我害了孩子們呀……都是我害的呀……孫大人，您得讓我念叨念叨這倆孩子呀……要是連我都不念叨他們，這世上就再沒人念叨我們蓮兒和百成了……」

戴著枷板的孫孚宸朝號啕大哭的陳五六轉過臉去，一時語塞，不知所措。

身邊濃密的麥田在和風中一陣蕩漾。

孫孚宸忽覺熱淚順頰而下。

天遠山低。

天母河在陽光下靜靜地流過遼遠的平原。藍天白雲之下，豐饒安祥的田野上站了兩個傷懷各異，淚流滿面的男人。

1　語出《禮記·儒行》。

二

當初，瑪麗亞嬤嬤把老三從死人堆裡搬出來的時候，馬修醫生一眼就看到了老三額頭上和胳膊上繫著的紅布條。

馬修醫生厭惡地皺起了眉頭：「又一個魔鬼！」

瑪麗亞嬤嬤默默地解下那些紅布條，盡量保持平靜地說：「醫生，現在，他不是魔鬼了，只是一個傷患。請你幫忙看看他的傷勢。」

馬修醫生一邊彎下身去查看，一邊憤恨地斥責：「萊高維諾主教，儒勒上尉，和所有的神父們、傳教士們、教友們都是被這些該死的義和團殺的！他該下地獄，不該去醫院！」

瑪麗亞嬤嬤在胸前畫起了十字：「願天父的慈悲安慰萊高維諾主教的靈魂，願所有逝者的靈魂在主的懷抱得到安息。馬修醫生，此時此刻，這座教堂內外所有死去的，受傷的，活著的人，誰該上天堂誰該下地獄是上帝決定的。我們該做的，只能如同上帝寬恕我們的罪惡一樣，寬恕別人。」

馬修醫生很不情願地搬弄著老三的身體查看：「左肩鎖骨下側被子彈打中，左側面頰也同時被子彈打中，都是穿透傷。算這個魔鬼有運氣，沒有損傷主動脈血管，沒有損傷骨頭，打掉了幾顆牙齒，毀了容。幸虧他是側臥倒地，不然他嘴裡的牙齒和淤血就能讓他窒息。他現在已經失血性休克。我能做的只有清洗和包紮。他是因為倒在教堂大廳裡面了，如果倒在外面，這兩天的大雨早就讓他發臭了。一個人同時中了兩顆子彈還能不死，也真算是奇蹟。我猜上帝多半不會再給他一次奇蹟讓這個魔鬼醒過來了。」

瑪麗亞嬤嬤耐心地勸慰：「馬修醫生，當這些繫著紅布條的人迎著子彈衝上來的時候，在他們眼裡，我們恐怕也都是魔鬼。我猜，也正因為如此，天父才讓我們來傳播祂的聲音。」

馬修醫生驟然轉過臉來，舉手指著那些橫躺豎臥的屍體發問：「瑪麗亞嬤嬤，他們現在還能聽到誰的聲音？」

瑪麗亞嬤嬤淚水漣漣地再一次在胸前畫起了十字：「……為義受逼迫的人有福了，因為天國是他們的……」

馬修悲憤地回答：「可惜……那是一個被子彈打得千瘡百孔的天國……」

瑪麗亞嬤嬤一邊哭著一邊不停地搖頭：「馬修醫生，萊高維諾主教把我們所有的女人、孩子、傷病員，還有你，一起藏在了密窖裡，讓我們躲過了這場劫難，讓我們活了下來……我也不明白，為什麼死後的靈魂可以上天堂，活著的肉身卻都要留在這裡，留在這個千瘡百孔像地獄一樣的世界上……我寧願死的是我，寧願讓他們活著來搬弄我的屍體，那樣我會更好受一點……就像當年我沒能代替兒子一樣，就像當初我沒能代替喬萬尼一樣，如今我也沒能代替他們，卻讓他們代替了我們……」

人們是在教堂門前的廣場上認出了萊高維諾主教的——他們在大雨澆滅的灰燼中看見了一堆殘破的屍骨，被雨水打濕的灰白的骸骨上，萊高維諾主教胸前的那枚銅質的十字架已經被燒成一團烏黑。瑪麗亞嬤嬤感覺自己馬上要暈倒了，心痛如割地跪在屍骨前，把那個烏黑的十字架緊緊抓在手心裡，按在自己胸前……一直以來那個藏在心底的問題，不由得又湧上心頭：萊高維諾主教為什麼不允許公開喬萬尼復活的真情呢，如果早一點公開真情，張天賜就不會被判刑砍頭，喬萬尼就不會出走，也就不會發生這場大屠殺了……可是眼前這副觸目驚心的骸骨粉碎了所有的一切……現在，主教死了，天石鎮天主堂所有的神父、連附近村裡跑來避難的傳教士也都死了，她自己已經成為教堂裡年齡和教齡最大的人。

那一刻，瑪麗亞嬤嬤忽然明白了一件事，忽然刻骨銘心地明白了，活下去是一種多麼沉重、多麼殘忍、又是多麼無法推卸的煎熬……這就像當初的喬萬尼，獨自一個人肩負著真實和懲罰走上了自己的苦路……既然每個人都只能孤獨地走上自己的苦路，我們為什麼還要一起聚集在教堂裡，聚集在主的腳下祈禱？

淚水和雨水同時從馬修醫生的臉上流下來。他想起了自己被迫藏在單人病房裡的那兩具人類骨骼標本，他還曾和喬萬尼修士一起開玩笑說那就是「全人類」，可現在面對著萊高維諾主教的骸骨，面對著教堂內外遍地堆積的屍體，他忽然感覺到自己作為醫生是一件多麼荒謬的事情。一個醫生或許可以治療一些病人，許多醫生可以治療許多病人，可全世界所有的醫生加在一起，卻也永遠無法醫治人性自身的貪婪和野蠻，永遠無法制止人類自己製造的浩劫。當初喬萬尼對我說，醫生負責醫治人的身體，教士負責醫治人的靈魂……可是，看看眼前，看看這些相互屠殺，到處堆積的屍體，他們真的有靈魂嗎？……有嗎？

教堂裡活下來的人們，在恐怖的深淵裡陷入了更恐怖的茫然——

站在浩劫的廢墟上，人們似乎才明白了什麼叫迷途的羔羊。

瑪麗亞嬤嬤不由得仰起臉來，在迎面而來的瓢潑大雨中向天祈禱：「主啊，求你來指引我們吧！」

老三是在半夜裡醒過來的，他發現身邊還有別的人，還都在酣睡當中。嘴裡很乾，口渴得厲害。臉疼，嘴疼，牙疼，左肩膀子疼。可老三不敢出聲，他仔細地打量周圍，努力地回想這是怎麼回事情……大家伙兒一股勁兒的往前衝，二師兄突然倒在眼目前兒，胸口上突突地往外冒血。後面的人們像洪水一樣往前衝，那股瘋勁兒容不得人停下半步。咚咚的撞門聲好像是在擂大鼓，人群發了瘋一樣嗷嗷亂叫著，一股勁兒的往前，往前，往前。教堂的大門砰咚一聲被撞開了，自己夾裹在人流裡一下子湧進了教堂，就像一股激流突然從峽谷的石頭縫裡沖到了平地上，人群一下子散開了，人們看見教堂裡一片燭火輝煌。老三是平生第一次進教堂，第一次看見十字架，第一次看見十字架上鮮血流淌的耶穌。老三有點被嚇著了，就在他側著臉愣神的那一刻，忽然響起了一片紛亂的槍聲，自己眼前一黑，就什麼也不知道了。可眼目前兒自己個兒這是在哪兒呢？到底兒又是誰救了自己呢？一轉眼，老三看見了高牆上的玻璃花窗，月亮把玻璃花窗照得明晃晃的。他明白了，這兒是教堂。可老三還是想不明白，是這教堂裡的洋人都叫咱義和團給殺光啦？還是咱義和團的人都叫人家教堂裡的洋人給殺光啦？到底兒是誰把我給包裹好了放到這麼乾淨的床上來的呢？是哪兒來的大恩人救了自己個兒呢？可那些玻璃花窗再一次提醒了他——要真的是那些洋毛子把我給弄到這兒來的，我可跟人家咋兒說呀我？這麼一想，老三頓時覺得有一桿槍頂在腦門上，後背一陣發涼……嘴裡真乾，渴得人嗓子眼兒直冒火……是呀，沒法兒張這個嘴呀，張嘴就是個死……眼前一黑，老三又昏了過去。

等老三再次醒過來，眼睛一睜開就嚇得直哆嗦，他眼睜睜看見一個大高個兒洋人，金髮碧眼，深目高鼻，直盯盯瞅著自己個兒問：

「醒過來了？你叫什麼名兒？哪個村兒的？」

沒想到這個洋人還會說本地話。老三張張嘴，卻發不出聲音來。他只好用那隻沒有綁繃帶的手，指指自己的嘴。

這個男洋人轉身對旁邊的女洋人說：「給他一杯水。」

一張嘴，疼得撕心裂肺，老三強忍著疼，咕咚咕咚一乾而盡。喝完了又舉過去還要，又咕咚咕咚喝了一杯。借著喝水的空兒，老三想起來自己曾經跟著東家去過幾次武清縣置辦年畫。他捂著臉隨口回答：

「我不是本地人，我是跟我哥打南邊兒武清縣過來的。我哥叫劉永福，我就隨我哥叫了個劉二福，村裡人都叫我二福子。」

洋人還是直盯著他：「你哥呢？」

老三低下頭：「死了。」

「怎麼死的？」

老三還是不敢抬頭：「著洋槍打死了……我們來東河縣原本是為著去天石村娘娘廟進香，為著給我哥求兒子來的。」

「你們為什麼都被槍打了？」

「為著……為著刀槍不入，為著大家伙兒都鬧，我就跟著我哥入了義和團……就跟著打教堂……就都著了槍子兒，我哥就死在我眼目前兒……」

一邊說著，老三哭起來，真的流下了眼淚。

洋人說了句老三聽不懂的話，可老三知道那多半兒不是句好話：

「你哭晚了。連鱷魚也懂得步槍會打死人。刀槍不入——連畜生都不相信的鬼話，為什麼你們都信？」

這麼說著，馬修醫生忽然想起了他和儒勒上尉，關於教會牛群使用步槍的對話。不由得在心裡感嘆：「被教導使用步槍和被步槍打死打傷的真的是同樣的一群人嗎？真的是同樣的人類嗎……」這樣想著他對站在旁邊的瑪麗亞嬤嬤轉過身來：

「瑪麗亞嬤嬤，既然主是萬能的，可祂為什麼留了這麼多的異教徒在同一個世界上？難道就是為了讓我們相互屠殺嗎？」

瑪麗亞嬤嬤一臉的驚愕，她無法回答這個近乎是褻瀆的疑問。他們都不知道也都沒有想到，當初，跨洋越海，在從義大利來中國的路上，天真虔誠的喬萬尼也曾在無邊無際的大海上，向萊高維諾主教發出過同樣的疑問。就是在遙遙無期的航程中，萊高維諾主教給喬萬尼取了張馬丁這個名字，並且開始教他學習漢語。在天石鎮天主堂，萊高維諾主教嚴格地要求所有教職人員必須學習漢語，必須學會使用當地方言和人交談。

當老三的傷勢允許他走下病床的時候，人們才又發現，原來他還有一條腿是瘸的。在老三判定了病房裡沒有一個認識自己的人之後，稍稍鬆了一口氣。下了病床的老三很勤謹，很聽話，也很和善。總是對所有的人面帶著幾分謙卑的微笑。老三力所能及地幹一切他能幹的活兒，強忍著傷痛，用一隻胳膊，掃地，擦桌椅，替別的病人倒便盆。這一切他都做得十分自然，好像這天生就是他的本分。他似乎是在討好一切人，報答一切人。

看著二福子忙碌不停的身影，瑪麗亞嬤嬤有一點被感動了，她常常會搖著頭嘆息：

「聖母啊……看看這個可憐的人吧……看看他如今的善行，誰能明白當初他為什麼會迎著子彈衝到教堂裡來？他們真的會是同一個人嗎？」

沒過多久，外面的風聲就傳到教堂裡來了：官府現在開始剿滅、捕殺義和團，告示貼得到處都是，到處都掛著梟首示眾的拳匪的人頭。老三嚇得六神無主，每天頭低得更深了，活兒幹得更勤了。直到有一天馬修醫生解下了他臉上、肩上的繃帶，指著他鎖骨下邊那個有點嚇人的黑黑的深坑說：

「二福子，你的傷口已經基本上好了，但是肌肉萎縮，內部組織也有黏連，你的這隻左臂恐怕是不能自由運動，再也不可能全部抬起來了。要想不殘廢，就需要你今後保持恢復性鍛鍊，多活動這隻胳膊。你的臉我做了臨時縫合，能恢復成現在的模樣已經算是萬幸。不過有一點可以肯定，以前見過你的人恐怕不會再認得出你，以後見到你的人多半一輩子也不會忘記這張恐怖的臉。沒有辦法，我不是整形醫生。」

老三不停地點頭，謙卑地笑著：「馬先生，您救了我的命，我就千恩萬謝啦！哪還敢再多想別的！」一面說著，撲通一聲雙膝跪地磕起頭來，「馬先生，您老就是我的救命恩人，我來世整輩子做牛做馬也報答不了您的大恩大德！」

馬修醫生淡淡一笑：「我不相信這些，你也不用再說這些沒有用處的話。以後，你只要不再參加義和團，不再相信刀槍不入，不再打教堂，殺洋人，就好。」而後，馬修醫生加重了語氣，「如果你願意，你現在可以走出去，看看教堂外邊的廣場上，掛了多少顆義和團的人頭，他們都是被官軍用刀砍下來的。沒有人刀槍不入。」

老三跪在地上連連點頭：「我聽您的！不參加，不參加！我從此跟義和團一刀兩斷，勢不兩立！」

馬修醫生並不等老三站起來，冷冷地掉頭而去。

老三抬起身子，絕望地看著那個冷冷的背影。他忽然發現瑪麗亞嬤嬤也站在身旁，老三跪著挪過去，抓住瑪麗亞嬤嬤的裙腳淚流滿面，咚咚磕頭：

「瑪麗亞嬤嬤，您可得救救我，你們都救了我一回了，就救人救到底吧。就當我是頭牛，我是匹馬，再救我一回吧……我現在哪還敢出去呀我……」他揚起淚臉來，「瑪麗亞嬤嬤，我入教！我入教行不？我信天主！我信聖母！您老不就是個聖母嗎？您老不是就叫那個瑪麗亞嗎？」

瑪麗亞嬤嬤低下頭來：「劉二福，你可以入教。但我們的入教儀式不是這樣的。修女是不能為你做洗禮的，這件事要由主教或者神父才能做。不過，你不要擔心，現在，我可以把你繼續留在教堂裡。」

跪在地上的老三突然停止了哭喊，他難以置信地看著面前這個永遠慈眉善目的女人，久久不能發聲，不知怎麼說才能表達自己的感謝和激動，突然他憋出一句從戲台上學來的道白：「聖母瑪麗亞萬歲，萬萬歲！」

瑪麗亞嬤嬤立刻嚴厲地制止他：「劉二福，你不可以這樣褻瀆聖名！」

老三嚇得立即停下來：「我聽您的，我聽您的！我不敢再胡說八道啦。往後著，您老叫我咋兒著，我就咋兒著！叫我朝東，我就不敢朝西！」

從此往後，老三就成為了教堂裡的雜役，他盡量努力地低下自己那張令人恐懼的臉，盡心盡力地去做一切自己能做的事情，打掃，清洗，幫廚。也跟著似懂非懂的做禱告，望彌撒。甚至躲在人群後面學會了正確地在胸前畫十字，學會了跟著說哈利路亞和以瑪內利。直到有一天，瑪麗亞嬤嬤發愁地提起，當初的敲鐘人被槍殺了，現在教堂裡還缺少一個專職的敲鐘人，每天按照禮儀規定的時間敲響教堂鐘樓上的那口銅鐘。老三亮著眼睛說：

「嬤嬤，這個事兒不難，交給我就成，我保險一時一刻也不耽誤的按照規矩敲鐘，敲了鐘還不耽誤我幹別的活兒。只要你們先教會了我怎麼擺弄，告訴我什麼時辰敲就成。只要您老一句話，我見天兒住在鐘樓上都行！」

瑪麗亞嬤嬤微笑著看看老三：「二福子，這可不是一件輕鬆的事情呦。」

老三十分肯定地點點頭：「不怕的！咱生來就是個受苦的，這點兒事情不算啥。再說能給主敲鐘，那是我的福分。我寧願在鐘樓上住一輩子，寧願給主敲一輩子鐘！」

瑪麗亞嬤嬤心裡又輕輕地蕩起一陣感動，「好吧，就讓我們先來試試。」瑪麗亞嬤嬤隨手在胸前畫了十字，心裡暗自讚嘆，「萬能的主，我現在親眼見證了你正在把一個魔鬼變成你的信徒，阿門。」之後，瑪麗亞嬤嬤轉過臉來：

「二福子，再過些日子，義大利的羅馬教廷和天津教區的主教，或許會為我們天母河教區指派新的主教和神父。到那時，我們天石鎮天主堂就會再擁有自己的主教和神父。只有得到神父的許可，只有神父才有資格為信眾做入教的洗禮儀式，如果有那樣的一天，我希望是你自己為自己的洗禮彌撒敲響鐘聲。」說著瑪麗亞嬤嬤再次畫起了十字。

熱淚頓時充滿了眼眶，老三下意識地跟著瑪麗亞嬤嬤也在自己胸前畫十字，一面問道：

「嬤嬤，這都是真的呀？我不是做夢吧？趕明兒個真的能給我洗禮啦？這前兒，我自己個兒能說一句哈利路亞不？」

瑪麗亞嬤嬤肯定地點點頭：「能。能。讓我們一起來禱告吧——哈利路亞！」

禱告之後，瑪麗亞嬤嬤平靜地看看老三，「二福子，如果你真的想入教，就必須把自己的身體和靈魂都交給主，必須把自己做過的所有罪惡都向主告白，只有這樣你才能洗清自己的一切罪惡，不只是為了走進教堂，而是為了走上永生之路。」

老三心中一震，「……嬤嬤，您是說得把自己個兒幹過的罪過都說出來才能入教？不說就不能入？那我得告給誰呀？」

「告給新來的本堂神父。他會向天主轉告你的一切。慈悲的天父會寬恕我們所有的罪惡，因此而拯救世界和我們。」瑪麗亞嬤嬤沒有注意到老三的遲疑，她繼續平靜地說下去，「二福子，到那時候，我是說等到新主教和新的神父們來了之後，我也許就會離開這裡了。」

老三驚訝無比地瞪大了眼睛：「離開？嬤嬤，您老這是打算要回老家，回那個義大利國去啦？」

瑪麗亞嬤嬤還是很平靜，眼睛裡充滿著一種說不出的憧憬：「不，我永遠不會再回到義大利。我也許要去一個更遠一點的地方，我想離開這個充滿了悲傷和恐懼的地方。我想去找一個人。我想，我也許可以在那個新的地方做自己想做的事情，奉行主的旨意在人間，如同在天上。」

老三渾身一抖，忽然間覺得從心底裡升起一股寒氣，他想到了自己：「嬤嬤，您老真要離開這兒，那我也走。我也害怕待在這個地界兒。我就一心跟著您走。您走到海頭兒，我就跟到海頭兒！您走到天邊兒，我就跟到天邊兒！我不怕遠，越遠越好！」

瑪麗亞嬤嬤轉過臉來，看著這個被馬修醫生一口認定的「魔鬼」。心裡再次蕩起一陣熟悉的感動來，不由得在心裡默念：

「聖母啊，保佑我吧。保佑我找到喬萬尼。你會看到的，我一定會讓你看到我們：奉行主的旨意在人間，如同在天上……」

而後，瑪麗亞嬤嬤好像是在回答老三，又好像是自言自語：「主要見證的，是你的心走了多遠，不是你的身體走了多遠……所以，我們這些人都看不見喬萬尼的背影……」

老三雖然不懂得什麼叫心走了多遠，也更不知道誰是喬萬尼。可他卻不住地點頭，一直對瑪麗亞嬤嬤恭敬地點頭。他在這位嬤嬤臉上看見了一種莫名的神聖，他無法描述到底看見的是什麼……他覺得自己眼睜睜地看見了轉世而來的活菩薩。

三

氣勢磅礴的大雨鋪天蓋地。

有一陣，震耳欲聾的雷聲、雨聲，似乎壓倒了教堂裡的喧鬧，一時間，人們守著眼前橫七豎八的屍體，鴉雀無聲。停止了屠殺的人們像是突然凝凍了。瘋狂停止了，可誰也不知道瘋狂之後還應該再做什麼。

張天保抹了一把臉上的雨水，大聲喝道：「弟兄們！還愣著幹啥？等著官軍來抓人、來砍頭呀？快些著，把樓上樓下都找一遍，把所有的洋槍、子彈都拿來。鐘樓上也別落下，仔細找找，我撂倒了四個人，那上邊兒少說也該有四桿洋槍。再到庫房裡把所有的子彈箱子都搬下來，還有洋油，洋馬燈，洋麵，洋布，洋取燈，吃的、使的，用的，全都給我搬下來。再把馬棚裡兒的馬跟大車都給我駕好了，把這些個東西全裝上，再用雨布蓋嚴實，用麻繩綁扎實。咋兒著？還發愣呀？還真等著官軍來砍頭、來抓人啊？」

有個人站出來高聲發問：「這位兄弟，你也就忒喜歡洋貨了吧？不是洋貨你就不拿吧？」

張天保認出來了，是大師兄。他冷冷一笑，拍拍自己肩頭上掛著的曼利夏步騎槍：「要不是憑著我這桿洋槍，你再等上十天半個月也就還得在這教堂外邊兒畫符喝酒呢！」

大師兄毫不示弱：「凡我們義和團的人全都不能使喚洋貨！」

張天保拍拍胸脯：「我就是個洋貨，我張天保就是武衛前軍行營，聶軍門聶大人手下騎兵衛隊的頭目。我這渾身上下，從頭到腳全都是洋貨、洋物件兒。沒有我這個洋貨就憑你能打進教堂來？」

大師兄喊起來：「弟兄們，這是個二毛子！咱們不跟他走！」

張天保把腰間的曼利夏左輪手槍拔了出來：「早就看著你不是個東西，嘴裡兒叫喊刀槍不入、刀槍不入，光催著弟兄們朝前衝，自己個兒躲在後頭不露頭。你就是這麼著當大師兄的？我現在就看看你這個刀槍不入管用不管用！」

說著張天保就扣動了扳機。教堂的大廳裡砰地一聲巨響，巨響引發的共鳴讓槍聲驚心動魄。隨著巨大的槍聲，大師兄額頭穿洞血流滿面地仰倒在眾人面前。人群裡一陣駭人的驚呼。剛才在教堂外面大家都見識了張天保一槍一個，有如神助的好槍法。現在又見識了什麼叫殺人不眨眼的膽量。人們全都被這個天降神兵嚇懵了。

張天保不動聲色：「我今天已經殺了二十一個人了，有洋主教，有洋教官，也有從教拿槍的教民。能殺二十一個，就不怕再殺第二十二個！」

張天保把左輪手槍插回槍套，環視人群，「鄉親們，我張天保本來是護送聶軍門的靈柩回南邊老家，半路上長官給假三天，讓我回家探親來的。我想著趕緊回天石村，看看我大哥張天賜到底兒是怎麼叫人給陷害治罪砍了頭的。沒想到，回家半道上就碰上這場打教堂的仗。看見你們成堆成堆的叫人家洋人炸死、打死。眼見自己個兒的親弟弟天佑，也叫教堂裡的人給開槍打死。我就豁出去違犯軍令，持槍參戰！這一仗沒白打，教堂到底兒叫咱們攻破了。咱們刨開那個張執事張馬丁的假墳，刨出來這個洋主教和官府一塊兒捏出來的假案子。算是替我大哥張天賜報了血仇！也算是替在天津戰死沙場的聶軍門聶大人報了仇！替所有死在洋槍、手雷底下的兄弟們報了仇！現在，仇也報了，恨也解了。教堂也打下來了。高主教也叫咱們點了天燈。自古欠債還錢，殺人償命。咱們也算是替天行道，一報還一報。」張天保手指著身邊屍橫遍地的場面提醒大家：

「兄弟們，你們看看這滿世界裡裡外外的屍首，你們好好想想，官府能不能饒過這麼一場大血案？官府能讓咱們哪一個逃出去？教堂也打了，洋人也殺了，扯了龍袍也是死，想不造反都沒有你的退路。你們不用害怕，願意跟我走的就跟我走。從此同甘共苦，同生共死。不願意的，自己個兒想辦法回家。官府的人要是問起來，你們就咬住我一個人，就說這滿教堂裡兒的人都是我張天保一個人殺的。弟兄們，是走是留，你們好好掂量掂量。可有一樣，就是別再耽擱了。兵貴神速，要走快走。趁著這場大雨走它個無影無蹤！」

人群被他說服了。凝聚在一起的人們很快散開來。撿拾槍支彈藥的，拉馬駕車的，搬貨裝車的，一派匆忙。也有人擠在一旁驚恐萬狀不知所措地看著。

張天保一邊清點，一邊大聲囑咐：「這槍，一桿都不能落下，法蘭西國的哈乞開斯步槍可是好東西！子彈也不能丟，一樣的槍得配一樣的子彈，打一顆少一顆，沒了子彈，槍桿子就成了燒火棍啦！」

匆忙中忽有人叫喊起來：「張大哥，張大哥，你快過來瞅瞅吧，這檯子後面有個暗門，底下通了暗窖，暗窖裡兒滿是洋人！」

張天保提了一盞馬燈走過去鑽進暗窖，只看見眼前一片驚恐萬狀的眼睛，所有的人一語不發，緊張的喘息聲充耳可聞。再仔細看看，大都是女人和孩子。有洋人，也有的不是洋人。所有的人都擠靠在一起，好像擠靠在一起成了他們對死亡和恐懼最後的抗拒。大人、孩子全都死死地盯著全副武裝的張天保，似乎在等著他舉起槍，在等著無情的槍聲響起來。有人開始在胸前畫起了十字。面對著這一片絕望、恐怖的眼睛，張天保也愣住了，他下意識地又抹了一把臉上的汗水和雨水。張天保忽然想明白了一件事情，帶了幾分感慨地自言自語：「行。這個高主教還算是條漢子。寧可自己個兒留在外邊等死，也要把孩子、女人們全都藏起來。」

隨即，張天保擺擺手：「走吧，走吧。甭在女人、小孩兒身上瞎耽誤工夫啦。跟咱們打仗的又不是他們。我不是說了嗎，咱們頭一條規矩就是不濫殺無辜，不禍害老百姓。洋人的老百姓也是老百姓。走，快走，快走！」

張天保領著自己的弟兄們轉身而去的時候，聽見身後的黑暗中傳來一陣壓抑的哭泣聲。

很快，車裝好了。人湊齊了。

張天保跨上自己的戰馬，把一隻添滿了煤油的馬燈在雨中舉起來，照亮了眾人的眼睛：「弟兄們，從今往後咱們就是生死一家人，有福同享，有難同當！你們信我，把命託給我，我也把命交給你們！自古亂世出英雄，咱們大家伙兒就痛快一回，當他娘一回亂世英雄！」

說罷，隊伍開拔。

一轉眼，閃閃爍爍的馬燈鑽進了無邊無際的瓢潑大雨，消失在漆黑如墨的茫茫夜色之中。

四

張五爺特別囑咐家人：「要仔細，要裡裡外外都好好打掃仔細。這是咱們老張家門裡兒的人，最後一次正經拜祖宗了。夏季天兒遭了大水，祠堂裡兒還是潮的，多敞敞門。記住，往門軸裡兒倒點兒油，省得開門前兒吱吱扭扭亂叫喚。還有，告給大家伙兒，天涼了多穿點兒衣裳。趕明兒個功夫短不了，叫各家人自己個兒帶好了墊子，別到了明天個跪得腿疼。去吧去吧，都快麻利兒去吧。」

打發走了家人，張五爺長嘆一聲，「哎……這最後一次，怎麼就落在我手裡兒啦……救活人還是救祖宗，你得二選一呀……都是命啊……天命難違呀……張福嗣，張福嗣，你命苦呀，列祖列宗，子孫後代，都得戳你一個人的脊樑骨……」

嘆息之中，張五爺打開一個深紫色的細布包袱，拿出一本有些發黃的《張氏族譜》。又打開一個有祖先畫像，和按列祖列宗輩分排序的寬大的畫軸。幸虧平常為了防潮，都是放在藏書樓上的櫃子裡藏著，才躲過了夏天的那場大洪水。張五爺展開畫軸，從上至下，在張氏二十四代宗嗣，各枝各脈、各個堂號排列有序的名表中，一一看過。而後，手指停在五得堂下面一片空格的某一格上——原本，這是百年之後自己的位置。百年之後，張福嗣這三個字原本是該填寫在這個空格裡。每年的臘月三十，和清明節，就會被後代子孫們恭恭敬敬拿出來，掛在祠堂供案正中，掛在祖宗神龕後邊的正牆上，接受後輩子孫的供饗跪拜……而後，再過世的張氏後代，就會被更後代的子孫把名字寫在這張巨大的畫軸上，接受更後代的子孫的供饗跪拜……子子孫孫，世世代代，無窮無盡也……所以祠堂正中的橫樑上，懸掛了三面黑漆匾額，匾額上四個金漆大字——右邊是：唯水有源，左邊是：唯木有根。正中間是：慎終追遠……老張家的祖先是從山西洪洞大槐樹遷徙至此的，這部起自大明永樂十五年的族譜，都詳詳細細畫在圖上，詳詳細細寫在《張氏族譜》裡。從明天起，這部傳了四百九十二年，傳了二十四代的族譜，就要斷在自己手上……張福嗣，張福嗣，你躲得了洪水……你可躲不了亂世啊……

張五爺把族譜和祖宗神像圖序放在桌子上，而後，雙膝跪地，深深地跪拜下去以頭觸地，「列祖列宗，各位先人，不孝子孫張福嗣雖萬死而不足以謝罪，碎屍萬段不足以償此千古惡名……遭逢亂世，大劫難逃，為救張氏一族八百餘口的性命，唯有福嗣一人作惡，一人背負千古罵名……下地獄，上刀山，千夫唾罵在所難辭……」

話未說完，張五爺早已匍匐在地，哭得泣不成聲。作為張氏族長，張五爺不敢放聲號啕，他擔心自己的哭聲亂了人心。

雖有天石擋水，可因為夾在河道中間討生活，自古以來，防洪防澇是天石村人的生存之道。張氏宗祠背靠天石，面對全村，選在全村地勢最高的地方。可為了保險，還是砌了一個六尺高的石頭台基。走上一座加了雕花護欄的十二級石階，再走過一條九丈長的甬道，才能走進那座石牆石柱五開間單簷歇山頂的寬敞廳堂，敞廳前廊正門兩側的石柱上雕刻了一幅對聯：

長西來祥瑞駐祖厝，福傳萬代

善邊繞青雲繪先賢，祉佑千年

面對正門的供案中間擺放著祖先神龕，雕樑畫棟的神龕內安放著祖先牌位，牌上正楷書寫：五得堂上歷代高曾祖考妣神位。

祠堂正門上一塊青石匾額，匾額上張氏五得堂五個大字居高臨下俯視全村。幾百年來居住在天石村上村的五得堂張家，都是主宰天石村的第一大戶，沒有張家的同意想辦任何事情都不可能。也正因為這樣，張家和住在下村的喬、秦、高這幾戶小姓人家結下了數不清的恩怨。

按照吩咐，八百多口張家族人全數來到祠堂，敞廳裡站不下就聚集在堂前的石砌平台上，人頭攢動議論紛紛，大家都在等著族長張五爺。

終於，張五爺來了。

張五爺一語不發，走入宗祠，領著眾人，在祖宗神龕牌位前，上供，點燈，燃香。而後，唱禮，行三叩九拜大禮。數百人跟著族長莊嚴叩拜。人人心裡都在等：一不是除夕，二不是清明，五爺這是要幹什麼呢？五爺這葫蘆裡兒到底兒賣的是什麼藥？

終於，張五爺對著眾人轉過臉來，「五得堂老張家的各位老少爺們，今天我叫大家伙兒過來，是要說一件大事兒，是要對著列祖列宗說明白一件大事……」

張五爺突然哽咽，老淚縱橫。

大家驚慌一片：「五爺，五爺……這是怎麼話兒說的呀，您老別急，您倒是有話慢慢說呀！」

張五爺抬起淚臉來，「我今天要跟大家伙兒說的是，打從今天起，這是咱們天石村五得堂老張家的人，最後一回跪拜祖宗……最後一回給祖宗磕頭啦……」

眾人頓時亂成一片，「五爺，您老這是打哪兒說起呀？」「五爺，您老別是一時想不開氣糊塗了吧？」「五爺，不祭拜祖宗那還能算是老張家的後人嗎？」「五爺，老張家打從大槐樹遷過來，這祖宗牌位咱拜了幾百年了不是？幾百年咱也沒斷過不是？咱不能幹這數典忘祖的缺德事呀！五爺，它這不是人幹的事呀！」

張五爺擺擺手，讓眾人靜下來，鄭重其事地提高了聲音，「老少爺們兒，這些話用你們跟我說嗎？我今天叫大家伙過來，就是為的把事情說清楚。縣衙門裡兒傳過話兒來了，說是京城刑部衙門的御批公文，天石鎮天主堂血案，死傷過百，洋人的主教，教官，神父，教士，被殺十幾位，這場大案子的主犯，認定就是咱們老張家的張天保。這件事不用別人說，咱們自己人那天也都看見了，不是天保那桿神槍，誰也打不開教堂的大門。刑部的公文下令十天之內交出天保，否則，天石村張家全族不可免罪。所有六十歲以下男丁斬立決，所有十歲以上女人遣送西北罰為隨軍婢奴，抄沒家財，罰沒田產充公……老少爺們兒，你們聽清楚了吧？這是要滅門呀！衙門的告示一兩天就到，就會貼在張氏祠堂的大門上。你們也都看見了，現在縣衙門口，縣城門樓子，天石鎮天主堂大門外邊，掛的都是義和團的人頭。洋人的聯軍打進了北京城，皇上、太后正往西邊逃。朝廷原來是依仗義和團和洋人打仗，現在仗打敗了，朝廷轉過身來把罪名全推到義和團頭上，跟洋人一塊堆兒剿滅義和團。我專門託人跟衙門裡兒的人問過，還又出了銀子專門求見孫知縣，可人家退了銀子，閉門不見，只叫人把刑部的御批公文拿出來讓我親眼過目。孫知縣傳出話來：上命難違，公事公辦。你們都聽清楚了吧，六十歲以下男丁斬立決，十歲以上女人都流放西北做軍奴……朝廷這是要滅門呀！先不說咱們不能交出天保，就是想交，你可到哪兒找他去？更別提咱們老張家天字輩天賜這一支裡，天賜死了，天佑死了，連柱兒恩庭也死了，家裡死得就剩下三個閨女一個媽，再加上一個正吃奶的孩子……昨天，我還去天賜的墳上看過，大水過後，有人給天賜的墳上加了新土……這血海深仇咱們能忘了嗎？你們掂量這個彎兒我就轉得容易嗎？不是剜心斷骨誰能動了這個念想？」

眾人頓時沒了聲息。忽然有人叫喊，「五爺，他官逼民反，咱們就反了，找天保去，扯了龍袍也是死，不拚白不拚！」

張五爺搖搖頭，「我最不能聽的就是這句話。你去拚了命，你倒是痛快了，跑得動的全跑了，剩下的婦孺老幼交給誰？田畝土地交給誰？子孫後代交給誰？咱們能這麼辦事情嗎？老少爺們兒，人活一世，草活一秋，死還不容易？我六十多歲啦，黃土埋到脖子的人啦，我死就更容易。可我不能死，我張福嗣得拚出老命來救人，救咱們老張家八百多條人命！今天我就是來跟大家伙兒說說這件生死大事！現在逼在眼目前兒的不是報仇，也不是拚命，是活命。」

人群裡又有人喊，「五爺，您老就直說吧，有什麼法子？」

張五爺忽然從懷裡掏出一個十字架高高舉了起來，「就是它！入教！咱們老張家現在只剩下這一條生路：全族入教！這不是我想出來的法子，河東十八村，村村入教。凡是從了洋教的，就是教民，入過義和團，打過教堂，洋人也概不追問。洋人不追問，官府就更不敢追問。大清朝叫洋人打趴下了，就怕洋人，就不敢和洋人較真兒。只要入了教，它那張刑部發來的上諭公文就變成了廢紙。」

屋裡屋外，霎時間沒了聲音。大家全都驚呆了，全都愣愣地盯著張五爺手裡高舉著的十字架，一語不發。

終於，有人疑疑惑惑地發問，「五爺，您老敢不是急糊塗了吧？這個事兒它靠準兒嗎？咱們和人家洋人結下天大的血仇，你就是想入洋教，人家能讓咱入嗎？」

張五爺肯定地點點頭，「讓入。我親自去見過天石鎮天主堂的瑪麗亞嬤嬤，就是那個帶著洋郎中來咱村裡發放賑濟錢糧的瑪麗亞嬤嬤，她現在就是天母河教區和天石鎮教堂的主事人，這是天津教區的大主教臨時任命的。她說河東十八村的人能入教，咱天石村的人也能。這位瑪麗亞嬤嬤有言在先，她說入了天主教就只能跪拜天主，不能再跪拜別的神位。祠堂可以留著，可是敬拜祖先也只能燃香鞠躬，不能再跪拜祖宗牌位。還有，不能再去跪拜天母娘娘，也不許再跪拜任何別的神仙。一不拜祖宗，二不拜神仙，只要這兩件事情能辦到，就能入教。」看著將信將疑的人群，張五爺追問，「我今天就是想跟老張家的人問個究竟，是

們身後還跟了一隻白羊。張五爺知道這隻白奶羊也有個名字，叫白悶兒。女人懷裡的孩子就是靠這隻吃草的奶羊才活下來的。

張五爺一陣鼻酸，趕忙招呼，「杜兒他娘，你說，有什麼話兒你儘管說。」

杜兒他娘掖掖包裹孩子的布角，抬起頭來，「五爺，我沒畫押，沒按手印。這話我只能等著人都走了才敢說，就跟您老一個人說。」

張五爺一時沒有轉過彎兒來，「杜兒他娘，你是說你就想當著我一個人的面按手印？」

女人搖搖頭，「不是。五爺，我是不想畫押。」

張五爺越發不明白了：「你是不想畫押呀，還是不想入教啊？」

女人肯定地點點頭，「都不想。」

張五爺有點明白了，明白之後不由得替她心急，「杜兒他娘，這可是生死關頭，你一個人可還擔待著四個孩子呢。你可不能出麻煩，你要是真出了事，這四個孩子可就算是沒了活路了。你們這天字輩的仨兄弟，可就真得絕門啦！你好好想想，你可得真的想明白了再拿主意。」

眼淚從女人枯瘦的臉上流下來，「五爺，我想明白了。是那個姓高的高主教為了拆咱們的娘娘廟，捏了個假人命案子，讓官府把我們家他大哥天賜砍了頭。我們家天佑是在教堂著洋槍打死的，我們杜兒也是著洋槍在教堂外邊打死的。二哥天保如今又讓官府判了死罪，要把他追回來砍頭。五爺，您老替我想想，一家子男人都是叫洋人給殺的，我能進那個洋教堂的門嗎？您讓我跟孩子們咋兒說呀我？再說了，等哪天，要是天保真回來了，我跟天保可咋兒說呀我？就說，死了的就死了吧，就拉倒吧。活著的就活著吧，還得入了洋教，還得躲在洋教堂的門裡兒靠洋人才能活著？」

女人不等張五爺回答，又把懷裡的孩子舉到他面前，「五爺，你好好看看這孩子，那時候我嫂子還沒漂走呢，這還是我嫂子在家前兒給我接生的。這孩子的名兒是嫂子給起的。嫂子說孩子瘦是瘦，可小嘴紅得像朵石榴花兒，就叫個花兒吧。五爺，你好好看看吧，這名兒聽著像個閨女，可他是個小子，是個正經帶把兒的小子！這是我們一門弟兄仨，留下的最後一根兒獨苗兒！這孩子他大伯，他爸，他哥，都是叫洋人給害死的。五爺，您老說說，我能畫了押，把老張家的獨苗送到教堂裡兒嗎？這不是往老虎嘴裡兒送肉嗎？可您說了不送教堂人家官府那邊又不饒人。我是孩兒他媽，我得救我兒子。可我又不想壞了大家伙兒的事情。死，我不怕。家裡死了這些個人，再多死我一個不算啥。就是您老說的，可我要是死了，誰救我兒子呀？更別提，還有身邊這一堆孩子都扔給誰呀？嫂子順河漂走的時候坐在木盆裡說，她要去一個沒有人，不鬧心，不熬人，不殺人，清清靜靜的好地方……她一走，家裡就剩下我一個大人。我一個女人家兩頭為難，都快把我給急瘋了。這不，就想跟五爺說道說道，聽聽您老的主意……哎，五爺，我還真不如跟上我嫂子一塊堆兒走呢，帶上孩子們跟我嫂子一塊兒走，就是死也一塊堆兒死在個清清靜靜的好地方，就不用再這麼熬煎人了……

五爺，我也是急瘋了。我也不能不替老張家八百多口人著想呀五爺，實在不行，我就一個人投官自首去，要殺要剮我一個人頂罪……可孩子們我得託付給您。五爺，您是老張家的族長，您是老張家的主心骨，把孩子們交給您我放心……想來想去，這世界上我也只能把孩子們託付給五爺才放心，我才能一個人死去……五爺，我不怕死，一家子的男人都死了，我一個女人還有啥可怕的？就讓我也死了吧，就讓我頂罪吧……省得叫您也兩頭為難……」

張五爺終於聽明白了。

張五爺聽得老淚縱橫。他萬萬沒有想到生死關頭，眼前這個瘦弱不堪的女人，竟然如此的大義凜然。

看見張五爺落淚，柱兒他娘慌了，「五爺，五爺……是我說錯話兒啦？」

張五爺搖搖頭，「柱兒他娘，你沒錯……是你說的我這老臉沒處擱呀，咱們老張家幾百口子大男人，都頂不住你這一個女人剛強。以前都是從縣誌上，從戲台上看見女英雄女豪傑，現在，眼目前兒就活活站著一個……你容我想想，咱們這齣《趙氏孤兒》它怎麼唱。」

柱兒他娘沒聽明白，「五爺，咋兒成了趙氏了……咱們不是張氏五得堂老張家嗎？」

張五爺擺手打斷她，「沒工夫細說那個啦。打從明兒個起，你就從你那間大水沖塌的房子裡兒搬出來，就憑你們搭的那些個草蓆子樹枝子過不了冬，非凍死不可。你們就搬到咱們張家祠堂邊上那間柴房裡住，那房子原本就是蓋了給看祠堂的人住的。有灶，有熱炕，有水缸，能做飯燒水。眼下這個冬季天兒，你們這一家五口先熬過去。吃的，使的，用的，甭發愁。有我的，就有你們的。柱兒他娘，你記住，從今往後，千萬少出門，少露面，千萬別再跟人說花兒是個小子。記住了，千萬別說。也別抱著孩子串門兒去。萬一有人問，就說是閨女。簽字畫押這是個小事，找個誰都能替你先辦了，就能瞞哄過去。救你們一家子這事情咱們得從長計議，得慢慢兒來。得把這個冬季天兒先熬過去再說。可要是一直留在村裡，你們這一家子人總不去教堂，早晚得露餡，咱們得找個地方，找個地方躲得遠遠兒的，躲到一個誰也不知道，誰也看不見的地方。」

張五爺不放心，又叮對了一遍，「柱兒他娘，你沒再跟旁人提起過花兒是個小子吧？」

柱兒他娘肯定地點點頭，「沒有。這荒年亂世的，又都讓大水沖塌了房子，打教堂又死了那些個人，每家自己個兒的事情還都熬煎不過來呢，誰還顧得上這些個閒篇兒啊。」

張五爺百味雜陳地長吁一口氣，「好，那就好。防人之心不可無呀，咱們尤其得提防著下村人，他們可是天天兒盼著咱們出錯，天天兒等著抓咱們的把柄吶！」

天已經快要黑下來了。河谷上一派迷濛。供案上的燭火孤獨地在黑暗中來回晃動，恍惚中照亮了祠堂裡蒼老和稚嫩的臉，彷彿讓他們沉浸在更深的黑暗當中。

六

不久之前，還在任上的孫孚宸遇到一個難題，也正是這道難題的解決，讓孫孚宸了解了天石村上村和下村的恩怨有多深，也讓他對自己的老部下陳五六刮目相看。

已經得到調任文牒的孫孚宸，手裡拿著那份幾十口人的具名訴狀，不由得心驚膽戰——嗚呼哀哉，又是天石村！

天石村下村的喬、秦、高這幾戶小姓人家，具名投訴說是上村的張家全族入教有假，他們有知情不報之罪。明明知道天石鎮教堂血案主犯張天保的下落，不但不報官，反倒把張天保的弟妹、子侄全都藏在張氏祠堂裡養起來。

孫孚宸因為當初斬殺張天賜一案去過天石村。當時孫孚宸不得不聽從高主教的要求：就在天石村斬首張天賜，以震懾亂民。虧得那天自己帶了總督衙門派來的一隊巡防營的持槍兵丁鎮壓場面，不然真的是會鬧出更大的亂子。就是在那一次，自己親眼目睹了天石村上、下兩邊村民的積怨有多深。

行刑之前，下村人在高主教身子前面圍出一堵牆，死死地護著他。上村張家的人一浪一浪地朝前湧，孫孚宸倉惶下令行斬，張天賜人頭落地的同時，人群裡爆發出驚天動地的哭喊聲，兵丁們朝天開火的槍聲也驚心動魄地響起來。如果不是那幾十桿洋槍齊射，天知道還要拚出幾條人命來。

幾百年來，居住在天石村上村的五得堂張家，都是主宰天石村的第一大戶。在天石村，沒有張家的同意想辦任何事情都不可能。也正因為這樣，張家和住在下村的喬、秦、高這幾戶小姓人家結下了數不清的恩怨。無奈，人微言輕，只有百十多口人的下村，就像他們所擁有的低窪地一樣，年年遭遇水患，年年無處可逃。除了忍受還是忍受。當萊高維諾主教帶著他的聖經，和要拆除女媧娘娘廟的決心來到天石村的時候，下村人覺得自己終於盼來了救星。他們毫不猶豫地跟隨高主教全體入教，從此有了和張家人抗衡的本錢。

斬殺張天賜，是下村人幾百年來頭一回得勢。可從此也就結下了血仇。果然，不久之後，隨著拳亂野火一般忽起忽落，隨著天石鎮教堂血案，隨著緊接而來的剿滅拳匪，上下村兩邊的糾紛角力就像一場連台大戲，一波緊接一波。而眼前的這一紙訴狀，分明是還想借著官府公布的要對張家滅族的命令，再使一把力。

看著訴狀，孫孚宸不停地搖頭。天石鎮前後兩次教堂血案死人無數。張家人全族入教，也分明是為了保命的無可奈何之舉。孫孚宸聽說之後，也樂得大事化小，總算鬆了一口氣。哪想到教堂血案不只是洋人、國人之間的血仇，同村的百姓，同胞手足竟也是必欲殺之而後快。真個是人心叵測啊！同根相煎，何以竟歹毒至此？

有道是民不舉，官不管。可眼下手裡明明拿著幾十人的具名舉報，自己這個知縣大人如何能置之不理呢。宦海沉浮二十年，孫孚宸心裡對那「調任」二字，早已料定是凶多吉少。自己這個馬上就要被調任的知縣，自己這個已經沉在河水裡的泥菩薩如何才能躲過這股混水呢？有了張天賜一案的前車之鑒，有了天石鎮教堂血案，自己現在哪裡還有膽量再去惹這個馬蜂窩？如果置之不理……你有失察失職之罪；如果滯存案檔，留給下一任去做，又明擺著是推卸難題。自己人還沒走，就把新來上任的知縣大人得罪了，如果惹得人家再來參奏一本，定然是得不償失。

這張具名訴狀就像一隻燙手的山芋，讓孫孚宸拿不起也放不下，害得他愁容滿面茶飯不思。

這一天，孫孚宸正在縣衙後花園裡凝眉苦想來回踱步。被路過的縣衙捕頭陳五六看到了。陳五六不由得走上前去試探：

「大人，您這幾天咋兒就愁成這個樣兒呢？」

孫孚宸長嘆一聲，「哎，我是屋漏偏逢連陰雨啊！不說也罷，不說也罷……」

「大人，小的多句嘴，您可到底兒遇上啥事情了呢？」

孫孚宸擺擺手，「說了你也是幫不上忙。」

陳五六笑起來，「都說三個臭皮匠還頂個諸葛亮呢。您一個縣太爺再加上我這個捕頭，還不得頂他半個諸葛亮？」

孫孚宸也被感染了，他一陣苦笑，「好、好，那我就說給你這半個諸葛亮聽聽。」

隨即，孫孚宸把事情原委敘說一遍，而後問道，「陳捕頭，你倒是說說看，這件讓我兩頭為難的案子到底該如何是好？」

陳五六捏著下巴沉思半晌，「……這事情還真是不好辦，天石村可是不敢再惹了，更別提又是跟這些個教民東拉西扯的，就更不敢惹了，有張天賜那一回就夠了。這新來的縣太爺咱也不能惹……」陳五六忽然眼前一亮，「大人，您看看要不這麼辦吧，您吶，就把這個狀子轉給天石鎮天主堂的人，就說這是他們教民告教民的事情，就請他們自己個兒先弄清楚了該怎麼處置。現如今天津衛是洋人占了，洋人管著。咱們直隸總督都叫人家洋人給砍首示眾了，保定府也叫洋人占著。您這東河縣知縣如今只能管自己個兒的老百姓。教民的事情，最好是讓他們管。他們想怎麼處置就怎麼處置。實在想讓咱們出頭幫忙，您再依著他們的意思出面調停。再說到那時候，說不定人家新官已經上任，這事情無論大小，也都跟您搭不上話兒了不是。」

孫孚宸不由得拍手稱快，「好！好！果然是賽過諸葛亮！天衣無縫，一舉三得！陳捕頭，我得好好謝你！」

陳五六也跟著笑起來，「大人，我就是這麼一說，您就是這麼一聽，我們這做下屬的哪還敢應承您的謝呀！」

那一刻，孫孚宸長嘆一聲，頓時覺得心上卸下一塊重石，「我這個正在過河的泥菩薩，總算是逆境之中躲過一劫呀。」

第二章

一

自從接到驛站送來的加急文牒，孫孚宸就已經料到自己這個七品知縣當到頭了，公文上雖然只說了新任知縣到達日期，要提前清理房舍，按律整理府庫倉廩、清理各項稅賦帳目，列清各項典獄檔案，等待查驗交割。可孫孚宸明白，一定還有更凶險的下文在後面，一定要等著新任知縣劉升昶劉大人進了縣衙才能宣告。如今，縣衙裡的文書、衙役、捕快們早已人心惶惶，連轎夫們的臉上也沒有了平日的安穩，誰都不知道自己到底還能不能端上現在的飯碗——一朝天子一朝臣，沒人知道這位新任知縣大人的脾氣。

按文牒所通知的日期，孫孚宸吃過早飯就來到縣衙後院花園的花廳裡，在花廳正中的石桌上放好了茶具，石桌兩側各擺了一隻圈椅。去年夏天，被拳匪燒毀了的縣衙正在重修，尚未完工，只好在這裡接待劉大人，交接各項公事了。孫孚宸頭戴素金頂珠的涼帽頂戴，身穿臨水展翅的鸂鶒補服，足下是黑色緞面白底長靴。孫孚宸是特地這樣隆重地穿戴一新的。他知道，自己的這一身七品官服怕是穿到頭了，自己這一輩子怕是最後一次以官服見人了。待一會兒，新任知縣劉升昶劉大人一到，自己這隻臨水展翅的鸂鶒，怕是就要折翅墜地，引頸待屠了。遙想當年苦讀二十載，三進京城趕考，終得金榜題名。紅花掛身，金匾到家，鑼鼓喧天，是何等的榮耀。孰料，人生無常，宦海更是無常。初到京城，以一個從七品的國子監助教虛職做起，一做就是六年。眼看已過不惑之年，竟然還是待在這個從七品的虛職上。滿眼只見捐納氾濫，你只要捐夠了銀子，打點了人情，虛職、實職均可得授。天下爭捐者多如過江之鯽，誰還去做青燈苦讀的傻瓜？百般無奈，只好低下頭來，按照京裡的規矩，籌措銀兩上下打點，四方求告，總算還有些同年、同誼出手相助，終得外放做了七品知縣。遙想五柳先生陶淵明，清心淡遠，超然物外，不為五斗米折腰。羞愧難當之下，他憤而把自己的書房改叫五斗書屋，並且給自己刻了一枚閒章自嘲：五斗先生。正所謂千般沉浮無悲喜。做過兩任知縣的孫孚宸漸漸平撫了當年的羞愧，從眾而行，不再碰壁，也不再自討苦吃。

孫孚宸抬起頭來打量著春花將殘，夏葉初發的後花園——真個是綠肥紅瘦，何其的賞心悅目呀。他再次低下頭來把自己的官服仔細審視一番。不由得微微一笑：你方唱罷我登場，人間本來無新事。所熙熙不絕者，不過都是誤認人生永自今日始罷了。人人都是事到臨頭，才醒悟：人生一世原來不過是白馬過隙啊。就如我此刻打量的這滿園春花，昨日還在盛開，今日已盡將凋殘。想想當時，深以為金榜題名的進士僅僅補任七品知縣的空缺，實在大材小用，算得上是官場失意，宦途蹭蹬了。何曾料想到還有今日馬上就要來到的滅頂之災？今生今世，自今日起，當初那個滿腹不平的「五斗先生」，如今這個隨波逐流的從眾俗物，可以休矣。

孫孚宸兀自等了一陣。他看著石桌上精緻的粉彩蓋碗猶豫了片刻，還是決定，先在自己這一邊的蓋碗裡沏上一盞碧螺春。他先伸手試試壺水的熱度，而後，提起涼過一刻的茶壺，熱水沖亂了茶絲，一陣翻捲沉浮之後，早春的模樣在尖細的葉片上漸漸展開，從容落底。內襯白釉的茶碗裡，留下半盞晶瑩剔透的淺綠，即刻，家鄉的味道迎面撲鼻……孫孚宸不由悲從中來，此一去，不知離家鄉凡千萬里……此一去，不知還能否魂歸故里……

就在端起茶碗尚未入口的那一刻，聽得衙役們高喊：「劉大人到——！」

孫孚宸急忙放下茶盞，眼看驛站的一乘雙人官轎已經抬進了後花園，轎夫打起轎簾，壓下轎杠，一身官服的劉大人躬身走出轎子來，四下打量。

孫孚宸急忙趕上幾步：「劉大人，有失遠迎！有失遠迎！實在是對不起劉大人，縣衙去年夏天被拳匪燒毀，正在重建之中，只好委屈劉大人在如此簡陋之地交接公務了。快請，快請！」

兩人在花廳揖讓就座，衙役倒水沏茶，喘息方定。孫孚宸忽從座位上站起身來，取下七品頂戴，雙膝跪地，口稱：

「劉大人，罪臣孫孚宸請聽上命。」

一時，四下皆驚。

新任知縣劉升昶也一臉驚詫，端起的茶盞停頓片刻，隨即又放下茶盞，微微頷首：

「既然孫大人料事如神，我也就不必再費周章。天石鎮燒殺主教、教士一案，死傷過百，聳動直省，所涉各國激憤不已，經刑部派幹員查實，三司會審後，上報大內，御批：照辦。孫孚宸，聽旨。」

說罷，新任知縣劉升昶一臉正色拿出御批公文。等到宣讀完畢，當即轉頭下令衙役們：

「還不褪去孫孚宸的官服，戴枷送牢！」

聽罷上命，孫孚宸頗為錯愕：革職，流放，抄家，砍頭，他都想到了，都不會意外。自古天理：君叫臣死，臣不得不死。為臣者為國受法，安心順受，乃正命之道也，寧復逃避耶？可眼下君不叫臣死，君令臣戴枷返京，一路上要為所有義、法兩國天主堂跪叩謝罪。孫孚宸在心中反覆默念：戴枷返京，跪叩謝罪……戴枷返京，跪叩謝罪……

衙役們也還沒從驚呆中回過味兒來：敢情——這活活一位縣太爺，眨沒眼兒的工夫，當場戴枷變囚犯它忒邪乎了不是？這戲碼它誰都沒見過不是？大家都直戳戳地立在一旁驚惶不已。

孫孚宸忽然夢醒一般轉過身來，大聲催促：

「陳捕頭，你沒聽見劉大人傳的上令？還不趕快遵命行事！」

陳五六如夢方醒，「哎，哎，對對，遵命行事，遵命行事，我這就給您取枷去！」

等到枷鎖負身走出花園的時候，孫孚宸忽聽見一隻喜鵲在樹枝間鳴叫不止，在嘰嘰喳喳的鳴叫中，夾雜著陳捕頭粗重的喘息，和叮噹交錯的鐐銬聲。

恍惚中，孫孚宸心中苦笑，這隻喜鵲好不知趣呀？我如今一介囚徒何喜之有，莫非還要你來喝倒彩送行……接著，孫孚宸忽然又想起自己那碗沏好未嚐的碧螺春，不由得回首側望，一陣惋惜：

「真可惜了一盞好茶。」

二

為什麼要這樣呢？為什麼一定要找到喬萬尼呢……找到喬萬尼是為了要證明喬萬尼是清白的，善良的，誠實的。是和自己心裡的那個孩子一模一樣的——就像一隻溫順無辜的羔羊。是的，我就是要證明喬萬尼。是的，我也是為了要證明我自己……只要一想到這兒，瑪麗亞嬤嬤的淚水就會不由自主地淹沒上來。

大洪水之後的天母河兩岸滿目瘡痍，到處都是倒塌的房屋，殘缺的村莊，堆滿淤泥、雜物的田地，雜物和淤泥當中還有突然間冒出來的人和牲畜的屍體。賑濟活動繁忙而又沉重。轉眼就到了初冬。每當瑪麗亞嬤嬤沿著塵土飛揚的鄉間土路，來往穿梭於河東十八村的時候，隔著寬闊的河水，她都會看見河中間那塊據說是女媧煉石補天後留下的巨石，就會看見那塊巨大無比的天石上巍峨的娘娘廟，和天石腳下高低錯落的村莊，園堰，田地，還有成片枯黃的蘆葦。這時候，瑪麗亞嬤嬤就會想：一切的起因都是因為那座娘娘廟，因為廟宇裡那個叫女媧的女神。萊高維諾主教千方百計要拆除它，天石村張氏家族的人拚死拚活要保護它。為此，人們不惜相互屠殺。這一切，難道真符合主的意願嗎？難道真的沒有別的辦法在地上實現主的天國嗎？喬萬尼不正是為此捨生忘死而出走的嗎？喬萬尼不正是為了主的天國，為了遵守不可做假見證陷害人的戒律，為了平息誤會和屠殺才跨出了教堂的大門，把自己當成了獻祭的羔羊嗎？喬萬尼不正是那個追隨耶穌基督，而為眾生獻身贖罪的人嗎？這才是最後的真相。除此而外，沒有別的，有的只是對真相的誤會和曲解，甚至是對真相的污蔑。

其實，瑪麗亞嬤嬤已經感覺到，自己對喬萬尼無法抑制的母愛，自己對喬萬尼情不自禁的懷念，有可能會變成一種危險。

因為在天石鎮天主堂除了馬修醫生而外，幾乎所有的人都贊成萊高維諾主教，反對張馬丁執事。大家甚至認為如果不是張馬丁執事那樣固執地非要出走，如果張馬丁執事一切聽從了主教的建議，不把自己復活的事情告訴那些異教徒，天石鎮天主堂就不會發生這樣一場大屠殺。正是異教徒們為了向他們的異教神祈雨，才聚集在教堂門前動手鬧事，並且扔石頭打死了張馬丁執事的。這一切都是真實發生過的。張馬丁執事已經被裝進了棺材，萊高維諾主教已經為他主持了安魂彌撒，東河知縣孫孚宸也已經來查驗過屍身，並做出判決最終斬殺了首犯張天賜。躺在棺材裡的張馬丁執事，是因為等待瑪麗亞嬤嬤那件製作中的神父長袍，主教才答應暫緩下葬的，這一切都是已經發生的事實。任何人都不會想到後來發生的奇蹟。張馬丁執事三天之後竟然死而復生。可一個虔誠的傳教士死而復活，原本就是聖主的意志降臨才發生的奇蹟，原本就是一個既和異教徒無關，也是異教徒們永遠無法理解的奇蹟。按照萊高維諾主教的安排，死去的張馬丁執事已經下葬，遵照主的意志復活的喬萬尼，正是天母河教區最恰當的接班人。可是，固執的喬萬尼，在傷好以後，一定要把自己沒有死的真相告訴異教徒，他甚至要直接回到天石村，去見張天賜的家人。喬萬尼認為真誠的教徒應當遵守和主約定的戒律：不可作假見證陷害人。他就那樣在徹骨的寒冬之中走出了教堂的大門，走到異教徒們的咒罵和毆打當中去的。在大家的眼裡，喬萬尼不只背叛了主教，背叛了大家，他簡直就是直接背叛了天父的罪人。就像萊高維諾主教說的，他是那個吃過了最後晚餐的猶大。

瑪麗亞嬤嬤不敢把自己的祕密告訴任何人，她只能在心裡暗自發誓：我一定要找到喬萬尼，哪怕千難萬險，哪怕只剩下我一個人，也一定要找到喬萬尼的下落，我一定要知道後來出了什麼事，我一定要知道張馬丁執事最後的結局。

就像預想的那樣，一切都是在天石村結束的。可瑪麗亞嬤嬤萬萬沒有想到，一切又都是從天石村開始了。

當他們在天石村發現了那五個金髮碧眼的混血嬰兒之後，馬修醫生看著瑪麗亞嬤嬤的眼睛，認真地問道：

「瑪麗亞嬤嬤，我們除了要營救這幾個孩子，還要繼續找下去嗎？我們到底是在拯救喬萬尼，還是在把他推進深淵呢？」

瑪麗亞嬤嬤沒有猶豫，她接過張王氏交出的兒子之後，反而更堅定了追問到底的決心。跟著張天賜的妻子張王氏，走上了天石，走進了娘娘廟。剛剛為了兒子號啕大哭的張王氏，突然變得出奇的冷靜，她指著東廂房正對門的那截短短的夾牆說：

「你要找的那個人，就在那兒。是我們女兒會的幾個人把他砌在牆裡兒，再從河灘上搓來乾沙子把他埋了的。大冬季天兒的，上哪兒挖坑添墳去呀？這事兒除了我們幾個人，沒別人知道。那前兒，娘娘的神到了我身上，我就是活娘娘，這兒就是我的殿。我住在我的殿裡兒，著全村人供著。全村人都得聽我的示喚，我著誰進殿，誰就得進殿。我不著誰進殿，誰也不敢進我的殿。他來的那天沒人知道，也沒人看見。那天早起天還沒亮，天寒地凍，大風刮得能把房頂子掀開。他就撞開門倒在我身邊兒，凍死了。是我把他捂上被子摟在懷裡兒暖過來的。一暖過來他就說胡話，他說他就是那個叫我男人打死的張執事，叫張馬丁。我告給他，張執事死了，叫我男人扔石頭砸死了。那個心毒的高主教說，留頭不留廟，留廟不留頭。我男人是迎神會的會首，他就為保住娘娘廟頂了罪，砍了頭。你不是張馬丁，你是我的人，你是女媧娘娘派來救我的轉世靈童，你是轉世專門來找我的，你是我男人張天賜。他非說他不是。我哪能信他說的呀？你想啊，一個凍死了剛剛活過來的人他能不說胡話嗎？人是救活了，可手和腳全凍壞了，凍得黑黢爛污的。病了傷了也是我男人，我不心疼誰心疼，我不伺候誰伺候呀。餵飯餵水，端屎端尿，都是我伺候。我就告給他，上回個你判了死罪，為了能讓你留下個種，生下個兒子。村裡人花了銀子，買通了當官的，讓我到縣大獄裡兒給官爺們磕頭散錢，就想著臨死前再和你最後留下個種。誰承想，銀子花了，頭也磕了，種還是沒留下。這回個可好了，這回個就咱倆，咱們倆得好好的把種留下。咱倆住在自己個兒的殿裡兒，沒有官爺，沒有衙役，咱得好好把種留下……」

瑪麗亞嬤嬤驚訝地看著眼前這個忽然間目光炯炯、滔滔不絕的女人。不由得心生疑惑：她在說什麼？這個女人說的是真的嗎？

張王氏並不理會瑪麗亞嬤嬤滿臉的疑惑，照樣還是滔滔不絕：

「我不光是叫他給我留下種，我還叫他給我們女兒會的女人們都留下種。說到底他是我的男人，他能不聽我的話嗎？村西頭兒換喜媳婦，村北頭兒管同媳婦，十字兒上滿蕩媳婦，還有白娥兒她娘，都朝娘娘求告，想要生個兒子。我就發了示喚，一個一個全都給我過來。那就全都生！你們洋人不是恨不能把我們的人全都斬盡殺絕嗎？你殺了，我還生。你殺了，我還生。你會砍頭，我會生。看看到底兒是殺的多，還是生的多？年年冬季天兒一到，草呀、花兒呀、樹呀全都凍死了。年年春季天兒一來，草呀、花兒呀、樹呀又全都活過來了。你說說這世上，到底兒是死的多呀？還是活的多啊？哎，我的那轉世回來的男人，到了兒也沒活過冬季天兒，他那凍黑的手腳全都爛了，讓他喝了多少燒符的水，也沒管用，到了兒人也還是死了。可這回不一樣，這回他把種留下了，一留就是五個，你說多不多？敢情，女媧娘娘派來的神童想留多少種留多少種……看看到底兒是你殺的多，還是我生的多！」

瑪麗亞嬤嬤終於意識到，如果沒人打斷，這個女人的滔滔不絕是不會停下來的。於是，她打斷了張王氏，她希望能看見真正的證據：

「你說的這個人臨死之前，他還留下過什麼東西嗎？」

張王氏忽然從滔滔不絕中醒悟過來，她走到那截夾牆跟前，抽出一塊活動的石頭，而後，從石洞裡拿出一張黃色的麻紙來，遞給瑪麗亞嬤嬤：

「留了。你看看，就是這張紙。紙上的字兒全是他寫的。是我把毛筆給他綁在手上寫的。是我親手給他研的墨，我的殿裡兒可不缺這些個寫字畫符的營生。我尋思他這準是畫了一道符，臨死前兒，他還在自己個兒胸脯子上畫了個大十字。他交代我，叫我把他留下的那半截蠟燭點著了，放在他頭前邊兒，等他死了，叫我只說一句話，就說一句：哈利路亞……他還說一定會有人來找他，叫我把這張紙交給那個來找他的人，他說這個人叫……什麼亞……對呀，你不是就叫個瑪麗亞嗎？老天爺，敢情他說的那個人就是你呀！」

打開那張粗糙的黃麻紙，看見那幾行歪歪斜斜的字，瑪麗亞嬤嬤淚如雨下：

真誠者張馬丁之墓

——你們的世界留在七天之內，

我的世界是從第八天開始的。

瑪麗亞嬤嬤撲倒在那截石牆上，撫摸著粗糙嶙峋的石頭，她奇蹟般地看見，那些青紫兩色的石頭，竟然在牆面上自動砌出一個筆畫扭曲、驚心動魄的十字。瑪麗亞嬤嬤說不出是絕望還是滿足，是痛苦還是幸福，她心如刀割地跪下來失聲慟哭：

「喬萬尼……我的孩子，我來晚了……喬萬尼，我到底還是找到你了，我到底還是看見你了……我不會讓你永遠一個人孤獨地走遠的……我一定會追隨你，我一定還會讓許多人追隨你……喬萬尼，我的孩子，你永遠都不會死的……就像耶穌基督背負了十字架，最後走上了各各他山。我的喬萬尼背負著真相走上了他的天石。這張紙上留下就是最終的證言：依靠對主的信誓而獨自出走的喬萬尼，就是那個離主最近的人，就是依靠信仰從人世間走向主的那個人……也許，是人世間走得最遠的那個人……為義受逼迫的人有福了，因為天國是他們的……」

就在失聲慟哭的那一刻，瑪麗亞嬤嬤彷彿感覺到了自己的重生。從此往後，看到眼前這一切的自己，已經永遠不可能再是那個原來的瑪麗亞。張馬丁執事寫在紙上的那短短的兩句話，像教堂的鐘聲一樣，在瑪麗亞嬤嬤的心中發出巨大的轟鳴，在瑪麗亞嬤嬤的靈魂深處震盪、迴響……瑪麗亞嬤嬤發出刻骨銘心的誓願：

喬萬尼，你能聽到嗎？感謝你讓我看到你的苦路，感謝你讓我看到這一切。感謝你讓我追隨你走進你的第八天。感謝你讓我重生。

瑪麗亞嬤嬤對著那些粗糙的石頭，發出了最衷心的讚美：

「哈利路亞！」

「只要遵照主的意願，奇蹟總要發生的……」瑪麗亞嬤嬤想。

就在天石鎮天主堂的大廳裡，張五爺鄭重地把一疊宣紙交給瑪麗亞嬤嬤，「嬤嬤，您看看，這是我抄寫的花名冊：天石村張氏家族男女老少，總共八百五十六口人的名字，全都在這兒了。」

瑪麗亞嬤嬤抬起眼睛來，「張五爺，你們真的都想好了？都決定了？」

張五爺肯定地點點頭，「想好了。決定了。我召集張家全族的人在張氏祠堂裡，當著列祖列宗的面說定了。每個人都畫了押。」一面說著，張五爺又拿出一疊蓋了紅色印章的紙來，「瑪麗亞嬤嬤，這是我家的地契，是由官府測量劃界，登記在冊，應交納賦稅的一百二十畝地契。我立下字句畫押鈐印，全數交給嬤嬤，由嬤嬤親自處置。屬於教會的財產，官府絕不敢籍沒，也不敢來收稅。」

看見瑪麗亞嬤嬤滿眼的驚詫，張五爺雙手抱拳，「嬤嬤不必疑惑，我們全族入教不是一件小事，更不能空口白身請人救命。您放心，除了這一百二十畝地之外，我還另有田畝，另有收入。我們天石村的土地像莊稼一樣，是年年增長的。我自然要留下自家的口糧田。不過，那都不在官家的納稅田畝之內。」

瑪麗亞嬤嬤更正道，「張五爺，你記住，救你們性命的是天主，不是我。是天主敞開慈悲的懷抱接納了信祂的人。你慷慨捐出的土地也是捐給了天主。你不只在救別人，也在救自己。你們是在贖自己的罪，而不是在和主做交易。」

張五爺再次抱拳深深低下頭來，「嬤嬤，生死之事我豈敢談交易二字。如果僅僅事關個人，我張福嗣自當了斷。可事關張家八百餘人，我哪敢為一人之名節，害一族之生死。救眾生者，大慈悲。嬤嬤如今主持天母河教區，這真是眾生之大幸！」

瑪麗亞嬤嬤急忙解釋，「我只是因為情勢緊急，被臨時任命主持天母河教區內的事務。

羅馬終究還是要另外派來正式的主教和神父的。」瑪麗亞嬤嬤略微遲疑了一下，但還是說道，「張五爺，我有一件事情想事先向你說明。」

「請講。」

「我有一個想法，我自己終究是要離開天石鎮天主堂的。我是想在天石村建一座聖母堂。當初為了建立教堂，高主教和天石村結下生死血仇。我想永遠解開這個仇恨。你們全族入教，正好給了這個機會，讓我們永遠化血仇為慈悲。我在想，也許我們不用完全新建一座教堂，也完全不必拆除你們的娘娘廟，只需要做一些改建，把東、西廂房改建為聖母堂，把天石下面那座已經被洪水毀壞的獻殿改建成一座鐘樓。這樣，我們就有了一座完整的聖母堂。我知道你們的娘娘廟不只屬於天石村，也不只屬於你們張家一族，女媧娘娘是天母河千百年的信仰。在夏天的大洪水裡，不正是這塊天石拯救了天石村所有信教和不信教的村民嗎？不正是這塊天石不分差別地拯救了所有的生命嗎？所以，我希望你們可以保留下自己的娘娘廟。我們都經歷了太多的殺戮，我不相信建立在相互殺戮之上的信仰。真正的信仰只需要謙卑和奉獻。既然我們無可選擇地只能生存在同一塊土地上，為什麼不能在同一塊天石上平等地保存下各自的信仰？等有了新建的聖母堂，我自己也就可以永遠地留在天石村，留在聖母堂。我想，這是我最好的歸宿。這也是天父給我的拯救。」

張五爺並不知道瑪麗亞嬤嬤內心的祕密。可看著滿面生輝的瑪麗亞嬤嬤。張五爺真正是感激涕零，再一次抱拳深揖，「嬤嬤，慈悲為懷，普渡眾生。這世上沒有比化血仇為親誼，化干戈為玉帛更大的慈悲！」

可事情還是起了波折。有人站出來堅決反對修建聖母堂。當瑪麗亞嬤嬤匆匆趕到天石村的時候，她遠遠地看見在天石腳下聚集了群情激憤的一大群人，他們擁擠在登上天石的台階上。叫喊聲不斷地傳過來：

「誰讓你們在這兒蓋聖母堂的？高主教當初就說要拆了那個邪教的娘娘廟，你們為啥不拆？」

「別以為高主教死了，就有人敢違背主教的意願胡作非為！」

「只要有我們在，只要我們下村的人不死光了，他誰也別想把聖母堂和娘娘廟擠在一塊石頭上！」

「你們褻瀆聖母，天父會罰你們下地獄！高主教在天上看著呢……別以為高主教讓你們燒死了，就沒人擋得住你們了！」

看見瑪麗亞嬤嬤走到近前，叫喊聲更是一陣高過一陣。搬來的石頭、磚瓦在地上散落著，約好來動工的匠人們百般無奈地蹲在地上。前來自願幫工的上村人也都被擋在石階的下邊。

瑪麗亞嬤嬤不著急，她平心靜氣地等著叫喊聲平靜下來。而後，她舉起手來：

「兄弟姊妹們，請你們安靜下來，聽我說。我知道你們在想什麼，我也知道你們反對的理由。現在我只問你們一個問題，如果你們當中有一個人能反駁我，說服我，那我們就停止修建聖母堂，而且是永遠停止修建。

我想問問大家：今年夏天，天石鎮教堂血案之後，連降七天大雨，天母河遭遇百年不遇的大洪水，大洪水到來的那一天，天石村唯一可以逃生的地方，就是這塊天石，就是天石上的娘娘廟。那一天，所有留在天石村的人無論上村人還是下村人，最後都逃到天石腳下，並且最後都登上天石。有些人甚至連牛馬豬狗都一起帶來了，最後也都登上天石得救了。請問，那一天，下村趕來逃命的人有誰沒有登上天石？請你站出來告訴大家，你為什麼不上天石，你又是怎麼活下來的？所有登上天石得救的人，也請你站出來告訴大家，你為什麼登上這個屬於女媧娘娘的天石，你為什麼那時候不覺得娘娘廟是異教徒們的邪惡的廟宇？你們那時候為什麼不按照高主教的意願辦事？」

沒有人站出來。天石腳下頓時一片鴉雀無聲。

瑪麗亞嬤嬤又問，「為什麼被救的那一天你們並不覺得自己是邪惡的？又為什麼今天就變成了邪惡？」瑪麗亞嬤嬤提高了聲音，莊嚴發問：「天父在上，請你們不要欺騙天父，誠實坦白地說出真相！誰能站出來回答？」

剛才還義憤填膺的人們，忽然間慚愧得無地自容。

瑪麗亞嬤嬤恢復了往日的平靜，「既然你們沒有人敢回答，沒有人敢面對真相，那就請你們讓開。神聖的聖母堂，一定要修建在這塊拯救眾生的神聖巨石之上。天父的地上天國是為了讓人們免於凶惡，而不是相互仇恨；是為了讓人們相互寬恕，而不是相互屠殺。耶穌說，……使人和睦的人有福了，因為他們必稱為上帝的兒子。」眼淚從瑪麗亞嬤嬤的臉上靜靜地流下來，「天石村的村民們，難道你們真的還沒有屠殺夠嗎？難道你們真的要一直相互屠殺、相互仇恨才能做人嗎？你們信仰天主，走進教堂難道不是為了成為上帝的子民嗎？現在，我請你們走下來，為聖母瑪利亞讓開一條路，讓仁慈的聖母瑪利亞在這塊神聖的天石上，擁抱我們所有的人……」

擁擠激憤的人群終於鬆散開了，一個人走下來，兩個人走下來……最終，所有的人都從石階上走下來。

瑪麗亞嬤嬤不停地在胸前畫著十字祈禱，「哈利路亞……哈利路亞……哈利路亞……」

三

雖有曲折，但一切最終都按照瑪麗亞嬤嬤的安排和意願進行。天石上的東、西廂房進行了翻新，改稱做東堂、西堂。門窗都改裝成拱頂形的，並且安裝了彩繪玻璃花窗。牆壁內牆重新用石灰泥抹成白牆，白牆上畫了聖子誕生圖，畫了耶穌受難的苦路十四站，畫了聖母升天圖。山牆的人字梁下掛了耶穌受難十字架。東廂房正對大門牆下邊的那段夾壁矮牆沒有移動，但是被改建成了祭壇，祭壇外面圍砌了一圈刻有橄欖枝葉圖案的石雕，祭壇上方的牆壁上畫了一幅精緻的聖母抱嬰圖。在這幅最為常見的圖畫上，聖母懷抱聖子，安詳地垂下眼來和天真聖潔的聖子深情對望。但是原來那截粗糙的石牆被保留下來了，那個被青紫兩色石頭堆砌出來的，筆畫扭曲但卻驚心觸目的十字，被包圍在柔和茂盛的橄欖枝葉中間。這些柔和茂盛的橄欖枝葉像是圍出了一扇窗口，從這扇窗口裡可以看到張馬丁執事邈遠模糊的背影，可以看到瑪麗亞嬤嬤對喬萬尼無窮無盡，最為哀婉的思念和悲傷。

在瑪麗亞嬤嬤的堅持下，天石腳下的塔形鐘樓沒有採用最常見的哥特式尖頂，高聳的鐘樓保持了從前獻殿八根立柱支撐的重簷八角攢尖塔頂，在略微增加了坡度的鋪瓦攢尖塔頂上，原來的寶瓶葫蘆尖，換成一座樸實的木質十字架。鐘樓裡的銅鐘是當初萊高維諾主教，專門從義大利為天石村教堂定製的，那是他許多年裡念茲在茲的心願。為了掛起這座銅鐘，專門又在八角攢尖鐘樓的頂層內，用圓木搭建了一座厚重結實的梯形鐘架。只要敲鐘人把一條腿跨進鐘錘下邊懸掛的皮套裡，像盪秋千一樣擺動起來，就會聽見響亮悠遠的鐘聲。而鐘樓的主牆，也專門使用了天石村民居建築最常用的石材壘砌而成。遠遠望去，鐘樓和天石上的建築群竟然毫無違和，好像許多年前，原本就是這樣修建起來的。天石村的村民們新奇而又親近地看著它，他們由衷地感覺到——在那塊巨大無比，有過無數傳說和神奇的天石上，過往的歲月和將要到來的歲月正一起向自己走來。

就在聖母堂改建的過程中，瑪麗亞嬤嬤還同時做成了另外一件事情。鑒於天母河教區遭受了慘重破壞，神職人員大量傷亡，在她反覆的申訴請求下，馬修醫生被天津教區主教正式授予了神父教職，並且要擔當天石村聖母堂的本堂神父。

當一切都完成之後，在舉辦天石村聖母堂落成彌撒的那一天，全村的男女老少都來了，在馬修神父的主持下，人們聚集在那塊神聖的巨石上。跪拜的信眾從聖母堂排到院子裡，從院子裡排到石階上，又從石階上排到鐘樓下。當彌撒的鐘聲第一次在天石村的上空迴響起來的時候，瑪麗亞嬤嬤在十字架前跪下來，淚如泉湧：

「……哈利路亞，事就這樣成了……以聖父、聖母和聖靈的名義讚美你，祝福你，天國是屬於你的……以瑪內利，事就這樣成了……阿門……張馬丁執事——喬萬尼我的孩子，你的靈魂現在終於可以住在你的天國裡與我們同在，萊高維諾主教你現在也終於可以聽到天石村教堂的鐘聲了……事就這樣成了……阿門。」

瑪麗亞嬤嬤還有更多的計畫，她要在天石村建立育嬰堂和一所小學校，還要請馬修醫生來建立一個醫院。有張五爺捐贈的那一百二十畝土地的收入，天石村天主堂具有了穩定的財政來源，可以讓飢餓永遠不再威脅天石村。瑪麗亞嬤嬤堅定地相信，這一切最終都將在自己眼前變成現實，就像這座聖母堂已經變成現實一樣。

是的，瑪麗亞嬤嬤決心要把祈禱變成現實。在她看來，喬萬尼來到天石村分明就是一種指引：這是一塊隔河相望的土地，在這裡可以遠離那些屠殺和紛擾，可以遠離那個千瘡百孔的世界，在這片淨土上可以建立起人間樂園。願你的國來臨……如同在天上，阿門。哀慟的人有福了，因為他們必得安慰。溫柔的人有福了，因為他們必承受地土……

只要遵照主的意願，奇蹟總會發生的……瑪麗亞嬤嬤堅定地又想。

當望彌撒的人群散盡之後，瑪麗亞嬤嬤安坐在祭壇對面的木椅上，在燭火的光影中招呼馬修醫生：

「神父，你能過來看看嗎？」

馬修神父走過來，「嬤嬤，看什麼呢？」

瑪麗亞嬤嬤抬手指著祭壇，「你看到這只麵包籃了嗎？」

「看到了。很普通的東西。嬤嬤，為什麼要把它擺在這裡呢？」

瑪麗亞嬤嬤的眼睛裡充滿了深情，「神父，它並不普通。喬萬尼被萊高維諾主教驅除出天石鎮教堂的大門後，我就是用這只麵包籃從門縫裡遞給他最後的幾塊麵包。但是，在門外人們的一片叫罵聲中，喬萬尼把麵包籃推了回來，喬萬尼說，『嬤嬤，萊高維諾主教知道了會生氣的……』。我當時就禁不住哭起來……一個人得有什麼樣的慈悲，才會在自己掉進深淵的時候還為別人著想啊……那是喬萬尼跟我說的最後的一句話……當時我能做的只有跪在地上為他祈禱，為他落淚。我怎麼能想得到會有今天……所以，我才會把麵包籃擺在祭壇上，一看到它，我就會想起喬萬尼。當時那一道條門縫隔開的就是天堂和地獄，喬萬尼推回來的不是一籃麵包，喬萬尼推回來的是別人的憐憫。喬萬尼走向地獄、走上自己的苦路是不需要憐憫的。一個視死如歸的人，不需要披一件憐憫的外衣……一看到這只麵包籃，我眼前就會出現當時的場面……剛剛烤出來的麵包香味，隔著雪白的餐巾撲到我的臉上，我的眼淚一片又一片地打濕了餐巾，無辜而又絕望的人反倒是留在天堂裡的我，而不是毅然絕然走向死亡的喬萬尼……看見這只麵包籃，我就能回想起當時的場面，我才能確認眼前所發生的一切都是奇蹟，但也都是真實的奇蹟。

現在，讓我們一起和喬萬尼分享一下奇蹟的快樂吧。神父，你不覺得這一切太像是奇蹟了嗎？」

馬修醫生環顧四周，肯定地點點頭，「是的，嬤嬤，你所完成的這一切只能用奇蹟來表述。」

瑪麗亞嬤嬤的臉上充溢著幸福的光輝，「我說的還不是這些建築，這座聖母堂。神父，我是說你難道沒有看見人們眼睛裡有多麼驚喜和真誠的歡樂嗎？當初相互屠殺仇恨的人們，在主的懷抱中得救，在主的懷抱中成為兄弟姊妹，而他們都是因為喬萬尼的犧牲才聚集到這裡的，才聚集在天主的腳下，這才是最大的奇蹟！」

馬修醫生被瑪麗亞嬤嬤深深地感動了：這是一個什麼樣的女人啊。馬修醫生甚至有種身在夢中的奇幻感。他親眼看著眼前這令人讚嘆的一切，一點一滴在瑪麗亞嬤嬤手下變成了現實。連自己從醫生變成神父，也是被這個百折不撓的女人促成的，在她反覆不停地申訴下，天津大主教終於同意，由馬修醫生暫時代理天石鎮和天石村教堂的神父。可馬修醫生總覺得自己還是個醫生，終歸不能完全用神父的眼睛看待世界，在內心深處他總有種擺脫不掉的疑惑，他禁不住提醒這個熱情燃燒的女人：

「嬤嬤，總有一天，現實是會改變理想的，就像川流不息的河水，終歸是會把堅硬的石頭打磨成自己想要的模樣。」這樣說著，他拿出了那張由東河縣衙轉來的具名訴狀，「嬤嬤，你還是看看這另外一個事實吧。這是天石村下村人投訴上村人的訴狀。他們認定是上村人隱瞞張天保的藏身之處，而認定的證據，就是上村人讓張天保的親屬住進張氏宗祠。東河知縣說這是教民之間的爭執，要請我們先做處置。嬤嬤，我不相信這幾句無據可查的證詞。可我真的是無法理解，在他們中間，宗族之間的仇恨竟然如此的頑固不化。其實，下村人一直在想利用教會的力量跟上村人較量。連上村人的全族入教，也被他們視為對自己的威脅。即便是全都歸化，都成為天主教徒，都成為天父的子民，可他們之間的敵對和仇視也還是不能平息。」馬修神父深深地感嘆，「……嬤嬤，有時候我不由得想起來，在我們來到這裡之前，這裡的人們已經在自己的國度裡生活了上千年，按他們自己的典籍記載，甚至是在基督出生之前五百年，他們就有了自己的創世紀，就已經有了自己的聖人、自己的經典和傳統……就比如這種宗族之爭，幾乎就是他們身體無法分割的一部分，他們寧願帶著這種東西下地獄，也不會改變自己。這就是一種本性。這也許是我們永遠也無法理解也無法改變的……」

瑪麗亞嬤嬤平靜地回答他：「神父，可你說的這一切，都是在天主的聲音來到之前……只要遵照主的意願，奇蹟總會發生的。」

馬修醫生攤開雙手：「可我們的奇蹟是一個有缺陷的奇蹟，我們把天父的聖殿和異教的廟宇建立在同一塊石頭上，我們把退出教會的喬萬尼留在主的聖殿裡，更何況還有那些混血的嬰兒，我們怎麼向別人解釋這一切呢？最難的是我們怎麼才能說服羅馬接受這一切呢？」

瑪麗亞嬤嬤鎮定地回答：「如果我們一切照舊，留在天石鎮天主堂。如果我們一切照舊，留在那個循環往復的七天之內，眼前的這一切奇蹟就都不會發生。你說是這樣吧，神父？」

馬修醫生認真地點點頭，「是的，嬤嬤。」

瑪麗亞嬤嬤平靜鎮定地又說：「這不正是喬萬尼想做到的嗎？這不正是喬萬尼想要改變的世界嗎？」

馬修醫生嘆息道：「是的。可喬萬尼也是被理想的火炬燒毀的。」

瑪麗亞嬤嬤的眼淚湧上來：「喬萬尼是把自己當作了燔祭的羔羊，就像耶穌基督自己背負十字架走上了各各他。喬萬尼來到天石村是主的揀選。」

深為震動的馬修醫生不由自主地在胸前畫起了十字。

瑪麗亞嬤嬤也在胸前畫著十字，「天父說，我喜愛憐憫，不喜愛祭祀……」隨即她又說：「神父，因為喬萬尼按照主的意願行事，奇蹟就這樣發生了。就像喬萬尼說的，他的世界是從第八天開始的。喬萬尼之所以獨自一人走上自己的苦路，之所以忘我地帶著他的真誠和憐憫走進仇恨和鮮血之中。那是因為他知道，天父在等待有人按照他的意志行事，而不是只會留在他的殿堂裡祭祀。你說是這樣嗎，神父？」

在晃動的燭光裡，馬修醫生無比驚訝地看著眼前這個女人的面孔，彷彿豁然看到了一個另外的世界，他忽然覺得此時此刻，自己開始有點像一個真正的神父了，於是鄭重地回答：

「是的，瑪麗亞嬤嬤。主的意願最終會照亮最黑暗的地方。」

四

自從天石鎮教堂血案之後，一群扛洋槍的刀客活躍在天母河兩岸。忽而騎馬，忽而划船，忽而上太行，忽而下平原。一個個槍法如神，驃悍無敵。這支隊伍紀律嚴明，只打劫官家的庫府和官銀，搶奪教會的運貨車隊，從來不禍害平民百姓，從來不殺無冤無仇的人。他們甚至打出了一面旗幟，金黃耀眼的旗面上大大地繡了一個「聶」字，號稱是替天行道的「聶家軍」。

南北縱貫八百里的太行山，山右是廣闊的平原，山左是一山連一山的高原。太行山就像一道天塹橫亙在高山和平原之間。自古在太行山脈和大平原之間有八條能夠通行的孔道，號稱太行八陘。這八陘自古至今既是兵家必爭之地，也是匪盜滋生的巢穴。可自古以來太行山的匪盜無非也就是大刀長矛，最多加上幾桿鳥銃土砲壯壯聲勢而已。聶家軍的幾十桿洋槍一露面，頓時橫掃八陘威震太行，慕名投奔者絡繹不絕。沒想到，聶家軍威名遠揚的同時，卻也百事愁心。

坐在關帝廟的台階上，張天保發愁地看著自己這一群走操步的弟兄。扛在肩膀上的步槍一片亂晃，就好像是被大風刮亂的高粱杆，七股八差，橫搖豎擺。腳底下更亂，你踩我，我踢你，竟然還有人被踩掉了鞋，光著一隻腳，叫碎石子兒硌得齜牙咧嘴。

張天保只好又罵開了：「停！停！全都給我停！我他媽轟群牛，也比你們走得強！記不住呀？啊？攏共就他媽倆顏色，記不住左右，也他媽分不出黑白呀？一隻腳上綁塊白布，一隻腳上綁塊黑布，就這點兒事，把他媽嘴皮兒都磨破啦！我說開步走——黑鞋，白鞋，黑鞋，白鞋……那就跟說左腳，右腳，左腳，右腳一個樣，不是他媽的一回事嗎？攏共不就長了兩隻腳嗎？不就是抬腳走個路嗎？怎麼就記不住呢？怎麼就他媽這麼難呢？啊？解散！解散！聽不見啊？全他媽給我滾蛋！」

看著垂頭喪氣的兵們，他又加了一句：「今天早起，全體受罰，不許吃飯！告給伙夫長今天早起不許揭鍋！這回個聽懂了吧？就是餓著！姥姥的，就不信扳不過來你們！待一會兒，把白布黑布都給我綁好了，綁對了，重新集合，走操步！啥時候走對了，啥時候開飯！」

人群裡有人起鬨，「張統帶，不叫吃飯，喝口水行不？」

兵們哄哄地笑成一片。

張天保板起臉來，「不行！水也不許喝！誰敢喝水，藤鞭伺候！」

太陽升起來了，人們的臉上開始有點熱烘烘的。有人悄悄地嘟噥：「張統帶啥都好，就是這走操步不好。咱們一群土匪刀客，你可走的什麼操步呀你？又不是唱戲。真打起來，命都顧不上，誰還顧得上左腳、右腳呀？這不是脫了褲子放屁嘛你說？」

等到休息片刻，隊伍重新集結站好隊形之後，張天保開始訓話，他指著不遠處旗杆上飄拂的軍旗說：

「弟兄們，我知道你們都不願意走操步，都嫌麻煩。我也知道你們都覺著，咱們一幫土匪刀客壓根兒用不著走操步。可你們抬眼看看，看看咱們山寨上插的這面軍旗，你們再給我仔細看看，為啥這面旗上就寫了一個聶字。我不姓聶，你們裡頭也沒有誰姓聶，為啥咱們的隊伍就起名叫了個聶家軍？我早就跟你們說清楚了，咱們不是刀客，不是打家劫舍的土匪，咱們跟土匪刀客是兩條道兒上走的人。如今這世道天下大亂，早就不是個世道。我老是跟你們說聶軍門聶大人，知道聶軍門戰死之前有個什麼官銜嗎？知道嗎？聶大人什麼也不是，聶大人的直隸提督叫朝廷給撤了，聶大人帶罪出戰，他跟你們一樣，就是個兵。大清朝別的本事沒有，可大清朝會禍害自己人，會禍害自己的老百姓。大清朝還會一樣，就是跪在地上認慫，給洋人割地、賠款。大清朝跪在洋人腳底下不是一天兩天了。就說這回個鬧義和團吧，眼瞅著，沒兩天北京城就叫洋人占了。皇上、太后早他媽跑到西安遠遠兒躲起來了。依我看大清朝的氣數已盡，它也再跪不了幾天了。早就該有人出來替天行道，改朝換代了！我就知道你們得說，就憑咱們這幾十桿洋槍，這不吹牛嗎？弟兄們，我不吹牛說憑我一個人能改朝換代。可我敢說，我張天保就是要造反，就是想站起來把這個整治聶大人、禍害老百姓的朝廷給它攪和塌了！我也說不出啥大道理，我就信一條，誰他媽整治聶大人，誰就不是個東西！誰他媽整治老百姓，我就往死裡整誰！這大清的朝廷是滿人的朝廷，這天下是滿人的天下。我張天保姓張，是大明朝萬曆十五年從山西大槐樹遷到東河縣天石村來的。我一個漢人憑什麼伺候他們滿人的朝廷，為他們滿人的天下賣命打仗呀？憑什麼為他們滿人整治自己人呀？這個整治聶大人、禍害老百姓的朝廷一天不倒，咱們就一天沒有活路。就為這，咱們才打出這杆大旗，咱們才叫聶家軍！

你們也都看見了，每天，咱們都要跪拜聶軍門的牌位。為的啥？為的是要記住聶軍門是咱們的軍魂。為的是聶軍門敢一個人騎馬立刀，對陣洋人的克虜伯大砲。想當初，聶軍門跟我們說了夠一百回了，新軍新軍，新的不光是洋槍洋砲，最要緊的，新的是人心、軍心。

你們以為見天兒早起走操步光是為的好看吶？走操步為的是上下一致，萬眾一心！沒有萬眾一心怎麼能衝鋒陷陣？沒有上下一致怎麼能令行禁止？你們別以為咱們打劫了幾回官府的倉庫，搶了幾回教堂的車隊，就算是打了勝仗。真正的官兵咱們一回也沒見過，真正的刀對刀、槍對槍的仗咱們一回也沒有打過。

弟兄們，我再說一遍，咱們不是土匪，是聶家軍！我問問你們：天底下有月月開餉的土匪嗎？一個月，一塊大洋。到今天，我張天保欠過你們一回軍餉嗎？我也跟你們說句實話，到什麼時候我張天保給弟兄們拿不出這一塊大洋了，讓弟兄們餓肚子了，咱們就散夥！各走各的陽關道，各走各的獨木橋。咱們這亂世英雄就算是當到頭了！」

隊伍裡有人叫喊起來，「張大哥，張統帶，我們跟著你幹到底！有錢沒錢都幹到底！反正也是個沒活路。」「張大哥，大家伙兒都走到這一步了，還能往哪退呀？退回去就是個死路一條！還不如一塊堆兒拚他個魚死網破！說不準哪天還就真他媽的滅了大清朝！」

山風吹展了軍旗，金黃色的旗面上，那個巨大的聶字迎風飄動。

聽見弟兄們的叫喊聲，張天保忽然濕潤了眼睛。看著那面孤單的軍旗，心中暗想：什麼時候我張天保也能像聶軍門那樣，有千軍萬馬，旌旗連營的那一天？

為了把自己的刀客弟兄們帶成一支真正的軍隊，帶成一支像武衛前軍那樣的軍隊，張天保把自己手下這百十來號人，勉強按照新軍一個營的編制，分成三個級別：隊（連）、哨（排）、棚（班），三級隊伍又各自任命了：領官、哨長、頭目，負責帶兵。他自命營官讓大家叫他張統帶。

真是不做事不知事難做。不當家不知柴米貴。就這白十號人，口中的米糧，身上的衣服，每個人的月餉，槍支操練，頭痛腦熱，鬥嘴打架……你樣樣都得想到，管到。眼看冬季天兒就要到了，百十號人穿的住的都得有個著落吧？現在，再有人來投奔聶家軍，張天保都不再收留了。不是不想收留，是不敢再收留。多收一個人，多一張吃飯的嘴。你拿什麼養活呀？養兵千日，你就得有養兵千日的銀子。連聶大人都說，武衛前軍是用銀子堆出來的武衛前軍。都說人無遠慮必有近憂，不管你幹啥事情，你都得有個長久之計吧？武衛前軍身子後邊有聶大人，聶大人身子後邊有朝廷，朝廷身子後邊有天下江山。我張天保身子後邊有個誰啊……我張天保身子後邊就有個身影兒，就連這個影兒，也還得等著日頭升起來才能有……八百里太行，千山萬嶺，你們說說，哪座山頭才是我張天保的長久之計啊？

就在張天保在關帝廟練兵之際，他派出去的探子從天石村帶回了消息：天佑媳婦和四個孩子，都被張五爺安排住進了祠堂的柴房過冬。五爺說了，有他在，大人、孩子們的吃穿用度不用發愁。五爺還說了，有件大事，等什麼時候有了見面的機會，當面再說。探子還說，據他看見，為了躲避官府滅門剿殺，張五爺已經帶領五得堂老張家全族入了洋教。這些個日子，天石村正在娘娘廟的天石上張羅著修建聖母堂呢。

這消息叫張天保一下子愣住了，半晌無語……我在這兒為了教堂血案豁出命來造反呢，老張家的人倒全族入了洋教……那我張天保這到底兒算是幹了一件兒什麼事情呢？

張天保不由得抬起頭來，看著千山萬壑山嵐四起的太行山，一時間疑惑萬端：

「我這到底兒算是幹了件什麼事情呢……到底兒哪座山頭才是我的長久之計呢？」

五

瑪麗亞嬤嬤說到做到，真的把老三帶到了天石村。如今，老三成了天石村聖母堂的專職敲鐘人。

剛剛來到天石村的時候，第一次見過老三的人都被他那副可怕的模樣給嚇壞了，他永遠低著頭，佝僂著腰，半鉤著左胳膊，變了形的面頰兩側一邊一個又深又大的疤痕。知道的，他是個人。不知道的，還以為自己是活見鬼。村裡的人都在背後悄悄嘀咕，「老天爺，瑪麗亞嬤嬤這是觀世音菩薩下凡，帶著她的金毛犼進了村吧？」

天石村的村民們永遠也不會猜到，老三內心深處的放鬆和愉快，不對，那絕不只是放鬆和愉快，那是一種無以言傳的深深的幸福。在這個隔河相望，遠離人間的地方，讓老三感覺到從未有過的輕鬆、快樂，甚至還有別人難以體會到的重新做人的自豪感。每天除了早禱、午禱、晚禱這三次必須要敲響鐘聲而外，老三的手上還有一份瞻禮單，那上面有各種各樣教會規定的瞻禮彌撒的日期和時間。耶穌受難日，復活節，聖誕節，聖母升天節，主顯節，聖若瑟節，耶穌升天節……每一次做瞻禮彌撒，都需要他爬上鐘樓，敲響望彌撒的鐘聲。隨著鐘聲的召喚，望彌撒的人們會從各個方向，遠遠近近地朝自己聚攏過來。然後，蹬上天石的台階，莊重地走進聖母堂。

每一次，老三都會準確無誤地爬上鐘樓陡峭的樓梯。殘缺的身體從來就不是他的障礙。他有時候甚至希望這些陡峭的樓梯長一點，再長一點……那樣，自己的幸福感就會多一點，再多一點……當老三把左腿跨進鐘錘下面懸掛的皮套，右腳用力一蹬，身體就會像鐘擺一樣自由地飄蕩起來。而後，洪亮有力、身心俱震的鐘聲，就會從自己的心裡，從這個漂亮的八角重簷攢尖頂的塔樓裡傳向四面八方。

每當這一刻，老三都會忘了自己是誰，忘了自己從哪兒來，忘了自己都做過什麼，忘了此時此刻身在何地。老三沉浸在自己的鐘聲裡，自由地擺蕩，忘我地品嚐著每一次洪亮有力、身心俱震的幸福而難以自拔。

除了敲鐘，老三還是像往常一樣的勤謹，幹一切他能做的雜務。這一天，老三正在低頭掃地的時候，忽聽見有人在叫他：

「二福子。」

老三抬起頭來，立刻堆下滿臉的笑容，「是您呀嬤嬤。您有什麼吩咐？」

瑪麗亞嬤嬤還是像往常一樣微笑著，「二福子，你是不是忘記了一件事情？」

老三瞪大了眼睛，「沒有啊，我見天兒敲鐘，幹活，沒忘了什麼事兒啊？」

「你不是說過想正式的受洗入教嗎？」

老三有點緊張起來，「是、是、是，是跟您說過。」

瑪麗亞嬤嬤很認真地解釋，「二福子，我當時告訴你，我是修女不可以為你做洗禮。現在好了，沒有問題了，我們有了自己的本堂神父。現在馬修神父可以為你做洗禮，你也可以自己為自己的洗禮彌撒敲鐘。二福子，這對你真的是一種幸運。這不是每個人都可以遇到的幸運。」

老三還是放不下他的緊張，「嬤嬤，您老不是說，要入教就得把自己個兒做過的有罪的惡事兒、壞事，都得說出來，都得告訴神父嗎？我現在立馬就得說給馬修神父？」

「對。我們現在已經有了自己的懺悔室，你可以在那裡面向神父，也就是向天主說出你的一切罪惡，只有把自己的一切都交給主的人才能走進主的懷抱。即使你現在不說，將來也總會有最後的審判。凡背叛主，欺騙主的人都將受到審判，受到地獄之火的懲罰。」

「嬤嬤，我有點兒害怕馬修神父……」

「如果是這樣，我可以替你申請，請神父允許我來代替他，聽你的懺悔。」

老三為難地低下頭來。

瑪麗亞嬤嬤依然和善地微笑著，「二福子，我知道你一直有不想告訴別人的心事。那好，我們就等你。等到你什麼時候想說了，你自己來找我。」

老三無比驚訝地抬起頭來，「嬤嬤，您老都知道啦？啥也都知道啦？你要是知道了還能留下我不？還能讓我敲鐘，讓我幹活兒不？我現在哪兒也不想去，哪兒也不敢去，我就是想在您老跟前兒待著……您想叫我說的那些個話，我不是不想說，是不敢說。要是說了，我就得死。我現在就拿自己個兒當是個畜生活著，要是說了，連個畜生也不如……」

這一次，輪到瑪麗亞嬤嬤驚訝了：為了能救他，二福子身上的那些紅布帶是自己親手解下來的。瑪麗亞嬤嬤知道面前這個人曾經是一個義和團的「拳匪」，他正是那些瘋狂攻打教堂人群中的一個，而且是衝在最前面的一個。不然的話，他就不可能倒在教堂的大廳裡，倒在那最後一片亂槍之中。可她沒有想到，留在自己身邊的這個可憐的人，竟有如此深重的罪孽。瑪麗亞嬤嬤突然感到一種莫名的傷感，她深深地嘆了一口氣，而後鄭重地允諾：

「二福子……我現在不知道你真實的姓名和身分，姑且還是叫你二福子吧。二福子，你現在可以不說，也可以還是留在教堂裡做你的敲鐘人。但是你要明白，一個人不管他入教還是不入教，他最終都不能自己永遠欺騙自己。你最終會明白，如果你永遠欺騙自己，就是把自己永遠關在自己的囚籠裡，就是讓自己永遠陷入地獄之火的煎熬。

說出自己的罪惡，把它告訴天主，這是你唯一的拯救。我可以等你，可以等到你自己願意說出來的那一天。只要你願意按照主的意願行事，奇蹟就會發生的。」

說完這些話，瑪麗亞嬤嬤轉身而去，瞬間消失在教堂的大門外面。

驚魂未定的老三，抬起頭來，看見了十字架上鮮血淋漓的耶穌基督。他覺得自己好像也被人釘在了十字架上：到底兒叫我咋兒辦呀我？到底兒是像個畜生一樣死皮賴臉地活著好呀？還是乾脆說出來痛痛快快的死了好呀？老天爺，到底兒咋辦呀我？聖母啊，就沒有個別的法子救救我嗎？不是說人都有罪，人也都能贖罪嗎？天主啊，我能不？有多大的罪過都能贖不能呀？

老三覺得，自己個兒真像是瑪麗亞嬤嬤說的一樣，掉進地獄的火坑裡了。老三覺得，自己的好日子快要到頭兒了。

六

在張五爺的書房裡一直掛著一幅太祖的畫像。太祖相貌堂堂，銀鬚長髯，穩坐在一張雕花圈椅裡，從已經泛黃的絹表畫軸上，自信、慈祥的和子孫後代們目光直視。五得堂張氏一門，自從萬曆十五年從山西洪洞大槐樹遷移至此，只有太祖一人考中過舉人的功名。也就是從那時候起，太祖這一支才發達起來。置房、買地、人丁興旺。輩分高，自然也就成了五得堂的族長。雖說後來子孫紛繁，各立門戶，但是長子長孫頂門立戶的規矩傳延不斷直到如今。現如今張五爺家的四進大宅，也還是在老宅的原址上擴建而來的。所謂福蔭子孫這四個字，在張五爺眼裡不只是一個盼望，一句好聽的吉利話。那是一個無時不在，無事不顯的籠罩。那是一種潤物無聲的根源。所謂耕讀傳家自然也就成為了不言而喻的天經地義。

張五爺膝下有二女一男，原本一切如常。自古以來，按照耕讀傳家的老規矩，女兒等著長大出閣，兒子等著讀書科舉。科舉不成，也能留在家裡繼承家業，撐門立戶。兒子張壽山從小聰明靈利，讀書勤奮。張五爺滿心歡喜，就等著家裡再出個舉人、進士，榮耀門庭。那時候，張五爺除了家裡的田產，在天津城裡還有兩處買賣：一處五得祥綢緞莊，一處四海客棧。眼看兒子長大，張五爺自然替兒子著想，就帶了兒子去天津衛開開眼界。沒想到，張壽山去了兩次天津衛就喜歡上了這個熱鬧非凡的花花世界，再也不想回到那個地老天荒的天石村。張五爺拗不過兒子，只好答應他留在天津一邊讀書，一邊也可照看那兩處買賣。反正將來這一切，終歸是要留給兒子來管。不想，轉年張五爺就接到兒子來信，說是他不想再走科舉之路，已經考入天津北洋西學學堂，先從二等學堂起步，四年之後再考升一等學堂。他想學習礦務專業，以後打算當個礦務工程師。張五爺雖也一鱗半爪聽說過洋務、新學，可他既不明白什麼叫北洋西學堂，也不明白什麼叫礦務工程師。兒子明擺著是木已成舟才來通告自己。沒辦法——兒大不由爺，只好撒手，先讓他自己闖闖，等碰了壁，自然回心轉意。不成想，兒子努力讀書，說到做到，四年之後升入北洋大學堂一等學堂。更萬萬沒料到，兒子去年來信說，自己的一位學兄家裡是開錢莊的，和一個叫約瑟夫的英國礦務工程師，合股投資一百萬兩白銀開辦東陘煤礦。眼看已經出煤了，可後續資金斷了周轉，沒法修建運煤專線鐵路和主幹鐵路的連接線。還需要銀子購買運煤的蒸汽機車。兩項相加是一筆不小的數目，情急之下就找到他來籌措資金。張壽山說自己親自去東陘煤礦勘察，下了礦井，還專門又查驗了煤炭品質的化驗結果之後，確信無疑已經出煤了，而且是上等的無煙好煤。他更確信這是百年不遇的好機會，所以痛下決心拍板決定，以五得祥綢緞莊和四海客棧做抵押，以兩處買賣的收入還利息，從太古洋行手裡貸出二十萬兩白銀的資金，投資入股，將來可占東陘煤礦股份有限公司六分之一的股份。只要出煤，年年按股分紅。單單天津衛一冬天的取暖用煤就是個天大的數字。更不用說將來還有擴大海運的無限前景。

張五爺別的不懂，可他經商多年懂得什麼叫抵押，當鋪行裡的夥計們天天幹的就是抵押。你的東西拿進去，換幾個應急的銀子，到時候還不上利息和本金，你的東西就歸了當鋪。張五爺心疼得頭暈目眩，他明白，從今往後，不只五得祥綢緞莊和四海客棧不是自己的了，就連東陘煤礦那六分之一的股份，弄不好也都要歸了太古洋行。多半輩子積攢的心血一眨眼的工夫，就叫兒子打了水漂兒。一個乳臭未乾的毛頭小子，急功近利，竟敢招惹洋人、招惹太古洋行。人家畫了一張餅，你就真當是乾糧？你傻啦？你瘋啦？你就等著人家連骨頭帶肉一口吞下你，連根毛兒也給你剩不下吧！誰保證你的礦井一切順利煤源不斷？誰保證你的煤就能賣遍天津衛？挖煤，運煤，儲煤，賣煤，千頭萬緒，一個坎兒上出點小毛病，你就得停，就能急死你！你何德何能？以為天上掉下來的餡餅就砸到你頭上？他們背後不是還有個英國的洋大人嗎？不是還有個財大氣粗的錢莊呢嗎？這會兒咋兒都不管用啦？他們找你這個黃口小兒為的什麼？為的撈錢！這麼大的買賣，上百萬的鉅資投款，如今連買賣周轉都斷了氣，你自投羅網居然還來誇口什麼前景無限？有這二十萬兩銀子，我都能給你捐一個實缺的知縣、知府當了，哪還用你這麼冒著傾家蕩產的風險去大費周章？張五爺捶胸頓足，「孽障呀，孽障！你再有良田萬頃、黃金萬兩，也頂不住有個毀家敗業的兒子！」

張五爺萬萬沒有料到的是張壽山打破了自己耕讀傳家的舊夢，是自己的親兒子成了自己的心病。

自此，張五爺不再和外人提起自己在天津的兒子，也不許家裡人在他面前提起他。但凡是非說不可的時候，張五爺只有兩個字：孽障！

張五爺寫信去罵，竟然杳無回音。又過了三個多月，兒子來信說運煤鐵路支線已經接通，蒸汽機車也已經從英國倫敦港運抵天津碼頭，諸事順利。只因現在北方亂局未定，等局勢穩定下來，即可開工運煤。張五爺，無心回信，可心裡還是替兒子著急：傻兒子，局勢局勢，天下大事。豈是你想要它就能來的？現在八國聯軍在北京駐著，皇上、太后在西安駐著，連大清朝能不能活下去都沒人能猜透，我等著看你的局勢怎麼穩定？

果不其然，報喜的信收到沒有幾天，兒子就來信告急：最近因為德國人的軍隊攻占井陘關，據說還要攻占娘子關，還要打進山西去。受戰事之累，東陘煤礦一切暫停。約瑟夫先生正通過英國公使和德國公使交涉，希冀早日開工運煤。張壽山還在信中安慰老父親，要他放下一百個心：我們東陘煤礦是和大英帝國的人合股創辦的，大英帝國是現今世界第一強國，和英國人合股就是和世界老大合股，就是攻無不克，天下無敵。德國人的軍隊區區小事不足為慮。張五爺哪裡會相信這套花言巧語：你休要在老夫面前王婆賣瓜；明明白白是三個挖煤的生意人，掉到兩國交戰，公使交涉的泥坑裡，看你們何時才能拔出腳來？我倒要看看，到時候，也是大英帝國的太古洋行會不會饒了你，會不會寬限給你一時半刻？張五爺早已氣得兩眼發黑，五內俱焚，給兒子回信只寫了一句話：割心莫如骨肉深，老夫自作自受！

庚子年出的奇事大事太多，多到令人心驚膽戰，頭暈目眩。沒人料到義和團忽生忽滅，鬧得舉國動盪。沒想到朝廷剛剛和多國開戰，轉眼就敗走西安，賠款求和，竟然答應賠給各國白銀四萬萬五千萬兩。更沒想到，當初萬眾一心高呼「扶清滅洋」的芸芸眾生，為免殺頭之罪，一轉眼紛紛作鳥獸散，甚而逃入教堂成了信徒。轉瞬之間滄桑巨變，看得人們目瞪口呆。

讓張五爺目瞪口呆的是，不久，兒子竟然真的報來喜訊：李中堂在京與各國交涉賠款和談一切順遂，德國人已從井陘關撤軍。蒸汽機車已從天津開到東陘煤礦，第一車煤炭已經順利運抵天津衛。冬季已到，煤炭被訂貨者搶購一空。甚至竟有投機者高價轉賣從中漁利。東陘煤礦股份有限公司在天津一炮打響，兒子喜不自勝，竟然還在信尾給老父留下明志詩一首：

古有愚公移王屋，
今來晚輩掘太行。
開天闢地英雄事，
閉戶苦讀作黃梁。
甲午驚濤滅新夢，
庚子慟地哀國殤。
莫道實業難平志，
細分錙銖淚浸裳。

讀罷來信，張五爺熱淚盈眶：「老啦……老啦……我是老朽不識少年志，村翁未知天下事呀！連眼目前兒的事情，連自己個兒的親生兒子也瞧不真楚啦……老天有眼哪，五得堂香火有續，絕處逢生，老張家有救啦！」

第三章

一

還沒走到地方，遠遠地就看見天石鎮天主堂外面熙熙攘攘的人群了。陳五六擔心地回過頭來安慰：

「孫大人，您心裡頭得有個預備。」

孫孚宸微微一笑：「預備什麼？」

陳五六舉起手，「孫大人，您瞅瞅，您瞧見天主堂大門口外邊圍了多少人了吧？那都是為著瞧新鮮、瞅笑話兒來的。孫大人，我跟您說句難聽話兒吧，這人心吶要多黑有多黑，這人骨頭呀要多賤有多賤。要是擱在以前，您當縣太爺那會兒，衙役開道，坐著兩抬官轎往大街上這麼一走：不知得有多少人搶著給您磕頭作揖，不知得有多少笑臉兒相迎吶。有一個算一個，全都唯恐巴結不上。今天可不一樣，今天全是來瞧笑話兒，全是來看戲解悶兒的。縣太爺戴枷下跪磕頭謝罪，這好戲誰都不想落下。」

孫孚宸反倒顯得比陳五六還要坦然，「陳捕頭，不然呢，你以為人心人性還會怎樣？世態炎涼古今同理，我一介囚徒夫復何求？」

陳五六點點頭，「行，那待一會兒，您聽見什麼就當是刮風，看見什麼就當是沒有。」

孫孚宸穩步向前，「只要不讓我頭破血流，我這個昨天的父母官就算是不幸中的萬幸了。」

陳五六舉起手中的哨棒，拍拍腰間的長刀，「我看他們誰敢？咱們這是奉旨的公差！」說話間他們已經走近人群，聽見一片喧譁叫嚷之聲撲面而來：

「著啊——趕緊著，來啦，來啦！戴枷板的縣太爺說話就到了眼目前兒啦！」

「敢情縣太爺戴了枷板也跟個孫子差不多呀！頭前兒個都是縣太爺給別人戴枷板，都是老百姓給縣太爺下跪磕頭，今天個算是大掉個兒，大閨女上轎頭一回呀！老少爺們兒真他媽開了大眼啦！」

「日頭真打西邊兒出來啦？這都叫啥景致兒呀？幾輩子也輪不上看他媽一回呀！」

「孫大人，孫大人，您老給說說戴枷板啥滋味兒呀？是甜的，是鹹的，是苦的，還是酸的呀？您別不言語呀孫大人！」

「來來來，孫大人先給我磕個頭吧！我先嚐嚐鮮兒！你他媽倒是給爺爺先磕一個瞧瞧呀！我呸——！」

一口唾沫即刻噴灑到臉上。

孫孚宸一語不發，目不斜視地走向人群。

陳五六舉起了手中的哨棒，大聲吆喝：「各位老少爺們兒，借光，借光！別擋道了您吶，我這是奉旨的公差，咱們誰也別壞了規矩！耽誤了公差，我可吃罪不起，你們誰也吃罪不起！」

看見縣衙裡的陳捕頭舉起的哨棒，腰間的長刀，看見陳捕頭那張陰沉的臉，擠在一起伸頭探腦的人群心生畏懼，就像是羊群看見了羊倌手裡的鞭子，頓時被分成兩半，留出一道寬敞的路來。

孫孚宸在叮噹作響的鐵鐐聲中順路而行，來到天石鎮天主堂大門前，雙膝跪地，深深一拜，口中念道：

「罪臣孫孚宸奉旨跪叩謝罪。

高主教，你我今日陰陽兩隔，孫某跪於門下，雖不能相見，猶如親在。爾奉天主，我奉孔孟。道雖不同，義有相近。高主教不遠萬里，跨海越洋，為傳聖教置生死別離於度外，遇千難萬險而尤進。猶如孔聖周遊列國，為布禮教千折百挫而不退，忍飢受辱而不悔。立言唯在其真，執信唯在其誠。此為君第一拜也。

高主教執掌天母河教區經年累月，廣施善緣，賑濟災民，救死扶傷者不計其數。有云，救人一命勝造七級浮屠。高主教所造浮屠何止千百計耶？東河百姓跪拜盛讚『高菩薩』者實乃肺腑之言，絕無溢美之詞。亞聖曰，『人皆有不忍人之心。』亞聖亦曰，『老吾老，以及人之老；幼吾幼以及人之幼：天下可運于掌。』省思再三，自慚弗如，愧對父老，實妄稱父母之官。此為君再拜也。

大難臨頭，教堂攻破之際，高主教藏匿婦孺，挺身而出，不屈於邪佞，投身於火海，實撼天動地之為也。孔聖曰：『志士仁人，無求生以害仁，有殺身以成仁。』善哉其言！勇哉其為！大哉其人！此為君三拜也。

三拜之餘，某尚有三問存於心，實不吐不快也：

天石鎮天主堂教案實起於張馬丁執事之死。某亦親往查驗屍身。三月之後竟有好事者，公然赴衙自稱張馬丁，乃死後三日復活特來相見爾。怪力亂神，咄咄妄言，某斷然難信。然，教堂攻破之日，眾目睽睽之下，挖墳掘塚，只見衣冠未見屍身。至今亦未見張馬丁執事屍骨下落。請問主教，可真有復活之事？若然，何不早日以實相告？如若早日以實相告，某豈能枉殺張天賜。不殺張天賜既無此案。既無此案，何來血仇？既無血仇，何來日後教堂驚天血案，死傷枕籍，血流成河？此某一問也。

貴教奉天主為至尊，聖經為至上，欲拯救天下眾生脫罪惡而入天堂，超生死而獲永生。唯我獨尊，乃視餘者為邪惡鄙陋皆在拔除之類。以此視之，天下生靈正不知應滅絕者幾何？

省心自問，此次教案亦屬此類也。惜乎『風起于青萍之末，止于草莽之間。』些微齟齬而起星星之火，竟引燎原之災。恃槍砲以對暴民，非振木鐸而醒民心。竟至兩敗俱傷，死傷無數。應去天堂者而盡入地獄，悲夫哉，人間浩劫莫過於此。在下敢冒昧請教：以此驚天動地之浩劫，天主允之乎？天主禁之乎？想主教烈焰之中悲天呼號，亦必有此問耶？舉問至此，心痛如割，淚如泉湧。此某再問也。

亞聖曰：『行一不義，殺一不辜，而得天下，皆不為也。』亞聖再曰：『得人心者得天下。』庚子之亂，今塵埃已定。城下之約賴於勝敗無論是非。國朝自咸同以來一敗而至今，唯割地賠款委屈求和，以延國祚。今辛丑之約，定賠各國白銀四萬萬五千萬兩之巨，驚世駭俗聞所未聞。且斬殺、流徙罪臣，褫奪懲殆皇親無數。微臣亦以天石鎮天主堂教案獲罪，削職為民、褫奪功名，且奉旨戴枷於義法兩國天主堂門前跪叩謝罪。某不敢有辨，實罪有應得。

但有一問鬱結於心，不吐不快：列強各國得白銀四萬萬五千萬兩之巨，亦得四萬萬五千萬之人心乎？列國若與四萬萬五千萬人互為仇寇，天下可有一日之寧歟？更有一問，百口莫辯無以自答，庚子之初，吾皇亦以人心自持，竟與各國同時開戰。轉瞬間，土崩瓦解，一敗塗地。京畿失守，兩宮出走，顏面喪盡，國將不國也。人心可恃乎？槍砲可恃乎？國勢可恃乎？其必問，孔孟之道煌煌聖言悠悠哉兩千餘載，國祚何以隳墮崩壞而至此耶？

悲夫！此問天，非問人也。」

孫孚宸在地上長跪不起。等到他終於站起身來的時候，陳五六看見一張淚流滿面的臉，看見一副也是淚痕斑斑的枷板。

陳五六手裡的哨棒把地戳得咚咚響，「您瞅瞅，您瞅瞅！我說什麼來著？您就當是聽見一陣風，就當是什麼也沒瞅見，就當是坐在台底下看戲。您別跟自己個兒過不去，別自己個兒給自己個兒找難受呀！」

孫孚宸並不回答，視若無人地朝著圍觀的人群走過去。嘰嘰喳喳指指點點的人群突然靜下來，突然又像馴服的羊群一樣自動分開，帶著莫名的畏懼，看著這位枷板鎖身的罪犯，看著這位曾經的父母官如今的階下囚。

肅然無聲中，只聽見腳下鐵鐐叮噹。

二

羔兒抱著白悶兒的脖子，和白悶兒緊擠在一塊兒睡在乾草堆上，就是不上炕。

柱兒他娘就催，「小祖宗，你打算凍死呀你？趕快著，給我上炕！」

羔兒不聽，羔兒擰擰脖子，「我不上！我就要跟白悶兒一塊堆兒睡覺！我都看見你磨刀啦，你就是想等我睡著了，好殺了白悶兒。你們就是想吃白悶兒的肉！過年前兒你就打算殺了白悶兒包餃子，現在年都過了，不用包餃子了，你們為啥非要殺了牠呀？」

白悶兒好像聽懂了羔兒的話。白悶兒咩咩叫了兩聲。

羔兒就哭了，「你聽聽，連白悶兒都知道你想殺了牠！娘，你心真狠！白悶兒把我餵大了，白悶兒現在又把花兒餵大了，你用不著白悶兒了，就想殺了人家吃肉！你壞，你心真狠！」

炕頭上的燈碗裡細細的一根燈芯，燈芯上燒著一朵黃豆粒兒大的燈苗。如豆的燈苗含含糊糊地照亮了寒冷的柴房，照亮了土炕上的柱兒他娘，和躺在她身邊的迎兒、招兒、花兒。枯瘦的女人半坐著把被子圍在身上，無可奈何地嘆息：

「哎，孩兒呀，你怎麼就不聽勸呢。不是娘非要殺白悶兒，是咱們全家都要走啦，不在天石村住啦。咱們全家人都要跟著你五太爺上天津衛，咱們要搬家。你五太爺不是說了嗎，人家天津衛是城裡，人家天津衛全都是大樓房、大馬路，馬路上跑的全都是黃包車，洋車（自行車）、轎子，還有洋人的汽車。沒有草地，沒有莊稼，更沒地方放羊。白悶兒去了也是餓死。」

羔兒搖搖頭，「我不信，沒莊稼、沒地，人吃啥呀，見天兒餓著呀？」

「人家城裡人吃米吃麵全靠花錢買。油鹽醬醋花錢買，連做飯的柴禾、喝的水都是花錢買的。」

「那你們去吧，我和白悶兒跟家待著。我們不去沒草、沒莊稼的地方，那不是人待的地方。」

「本事大的你，一個六七歲的小丫頭片子，你一個人跟誰活呀你？我得跟你說多少回呀，人家官府要滅咱們全村老張家，指著名要殺你二伯，只要一天逮不著你二伯，就得要咱全村老張家人抵罪。就要把迎兒，招兒，你，花兒，還有我，都給抓起來抵罪。五太爺讓咱們去天津衛，是讓咱們逃難去，是為的讓咱們躲得遠遠兒的。羔兒，聽娘一句話。咱們是要逃命去，不是趕集去。你說說，是人逃命要緊，還是羊逃命要緊哪？」

羔兒叫起來，「白悶兒就不是羊，白悶兒是我媽。我是吃白悶兒的奶長大的！再說，我就沒見過你說的那個二伯！」

「你剛出生你二伯就當兵走了，六七年裡中間回來過一兩回，你還小呢，你哪記得住這些個大人的事呀。不信，問問你迎兒姊，她就見過你二伯。是不，迎兒？」

迎兒點點頭：「羔兒，我真見過二伯。」

羔兒還是犟，「那我等我二伯，等他回來，我自己個兒問問他。為啥他一個人出了事，叫全村人頂罪呀？」

「羔兒啊羔兒，你非把你媽給急死不可！等哪天你媽真叫你給急死了，你就知道誰是你媽了，你就知道沒媽的孩兒有多受罪，有多可憐啦！爹也沒了，娘也沒了，我看你們可怎麼活？」說著眼淚就流下來了。

看見媽哭了，羔兒也哭，「上回個發大水，你就不讓我帶白悶兒進娘娘廟，是我求我大娘才讓我帶白悶兒上了天石，進了娘娘廟的。要是聽你的，白悶兒早就淹死了……沒有白悶兒，花兒能活下來呀？沒有白悶兒的奶，花兒也早就餓死了。你就一點兒也不知道念人家白悶兒的好，你就是沒良心……」

「你個小丫頭片子，我沒良心？我沒良心咱們一家人早就全都死光了！你個不識好歹的東西！你知道啥叫有良心嗎你？」

母女倆正爭辯得不可開交，忽聽得拍門聲。杜兒他娘抹了把淚水，立刻緊張起來，壓低了聲音問：

「有人哪？這大晚末晌的……誰呀？」

「是我。」

「你是……」

「羔兒她二伯。」

杜兒他娘緊忙掀被子下炕，一邊又催，「羔兒呀，趕緊著，快開門去，你二伯回來了！」

擠在被窩裡的人全都坐起來了，迎兒、招兒擠在一塊。燈影中亮起幾雙嚇得睜大了的眼睛。

門打開，閃進兩個人來。是張天保和張五爺。

看見親人，杜兒他娘，坐在炕頭上哭起來，「他二伯呀，你可回來了你呀……你大哥死了，天佑死了，杜兒也死了，你嫂子坐上木盆漂走了……咱們家裡兒就剩下你一個男人啦，人家官府還說要抓了你砍頭，要讓全村老張家的人頂罪……你說說咱們家這是得罪誰了呀……啊？五爺跟你說了吧，只要畫了押、入了教，就能逃命，官府就不敢追究了。可咱們家不一樣啊，咱們家叫洋人害死這些個人，我能畫這個押嗎……他二伯，我就等著你回來呢，我等你等得快把眼都哭瞎啦……你瞧瞧，眼目前兒這些個孩子，這一大家子的事情都讓我一個女人家頂著，他二伯，我真是頂不住啦……」

張五爺趕忙勸慰：「天保呀，你這個弟妹可真是有擔當呀，這一大家子人可是真夠她受的。柱兒他娘，快別哭啦，天保這不是回來了麼。快別哭了，咱們還有要緊的事情要說呢。你趕緊著，趕緊先讓天保看看花兒吧。」

柱兒他娘一邊抹眼淚，一邊從炕上把孩子抱過來，一隻手把油燈碗端起來，「他二伯，你趕快瞅瞅吧，你們哥兒仨如今就剩下這一棵獨苗了。孩兒可憐哪，一生下來就是個沒爹的孩兒。五爺把大名都給起好了，柱兒叫恩庭，花兒隨他哥，叫個恩盛。」

張天保把孩子接過來，抱在懷裡細細端詳，眼睛一陣發熱。等到把孩子還回去，他從腰上解下一個包袱遞過去，「柱兒他娘，這裡頭是二百塊鷹洋，先留著慢慢用。你們跟著五爺到了天津衛我就放心了。你記住，往後不管多難，都要想法子叫孩子們上學、認字、念書。可不能再當睜眼瞎了。」

看見那一堆白花花的銀洋，柱兒他娘叫起來：「他二伯，這是怎麼話兒說的呀，我哪兒見過這麼多錢呀，我朝哪擱，朝哪放呀？再說我一個婦道人家也不知道這些個錢都該怎麼花呀！」

張天保笑笑，「你別怕，有五爺呢。你不會管，先叫五爺替你拿著。等到了天津，怎麼花，怎麼處置都聽五爺的。我也就是今天偷個空回家來看看，趕明兒個到了天津，就說不好什麼時候再見面了。」

張五爺點點頭，「放心吧，都是一家人。你們天字輩這哥兒仨的事，就是咱們五得堂的事。我都安排好了，這會兒開了春了，天返暖了，白天能走長道兒了。你們全家一兩天就先走，挑個暖和天兒，前半宿走，後半宿住在河東孫家店等我。我第二天白天走，到了孫家店跟你們匯齊了，一塊兒走。這一道上咱們都得躲著熟人，別叫他們看見。這節氣白天走長道還行，不凍人了。咱們得趕緊走，我聽說下村的人寫了具名訴狀，正在告咱們老張家知情不報。你們這一家子在天石村是不能多待了。」說著張五爺轉過頭，又朝著窩在草堆上的白悶兒笑笑，「剛才個在門兒外邊就聽見了，娘兒倆又因為白悶兒的事情爭競呢。」

柱兒他娘點點頭，「可不是，這孩子死彈，死活要把白悶兒帶走。還跟我矯情，說白悶兒不走，她就不走。您給說說，五爺，這不是給您添亂嗎？這麼遠的路，人還顧不上呢，哪有帶隻奶羊走好幾百里地的呀？」

張五爺對著羔兒轉過臉去，「行，這回個就聽羔兒的，把白悶兒帶上。也就是多帶一個大柳條筐的事兒。再說，花兒也還沒斷奶呢。這一路上也還得靠人家白悶兒呢。把白悶兒帶到天津衛去，就跟四海客棧後院裡的那兩隻護院狗圈在一塊兒堆。讓他們天津人也開開眼，瞧瞧什麼叫奶羊。」

羔兒立刻叫起來：「還是我五太爺好！」

張天保摸摸羔兒的頭，又挨個摸摸迎兒、招兒、花兒的頭，嘆息道，「柱兒他娘，往後就全靠你了，你就是孩子們的頂樑柱啦。你自己個兒也得保重，孩子們都指望你呢，我們哥仨也都指望你呢。」這麼說著，張天保的眼睛又熱了起來，可他咬咬牙死死忍住，他不能當著孩子們掉眼淚，不能嚇著孩子們，不能叫孩子以為他們二伯是個靠不住的人。張天保狠狠抹了一把臉，「柱兒他娘，我這就得走，弟兄們還在村東頭碼頭上等我呢。往後還見不見得上面兒，我也難說。」

人一走，就把燈滅了。一眨眼，屋子裡又黑又冷，空空蕩蕩的。

羔兒睡不著，仰著脖子問：

「娘，你老是說死，老是說死，啥叫個死呀？」

女人深深地嘆了一口氣，「這個呀，娘也說不真楚……羔兒，你看現在這屋裡頭黑不黑呀？」

「黑。」

「黑的啥也瞅不見吧？」

「嗯，啥也瞅不見。」

「死就是黑，黑得聽不見，看不見，不能說，不能笑，不能吃，不能喝，不能哭，不能動，你看不見白悶兒，白悶兒也看不見你……死就是瞧不見底兒的黑……」

「娘，那我不想死，不想讓白悶兒死，我也不想讓你死。」

「傻孩子，娘不是不想死，是不敢死。」

羔兒又問，「娘，你說他們怎麼都走了呀？」

「你說哪個他們呀？」

「我二伯，跟我大娘呀。他們怎麼說走就走，就見不著面了？你說我二伯是因為官府要抓他，他就得走。可我大娘呢，誰也沒抓她，她咋兒也走啦？她不是咱娘娘廟裡兒的活娘娘嗎？她走了誰當娘娘呀？她坐在大木盆裡兒越漂越遠，越漂越遠，迎兒、招兒嗓子都喊啞了，她也不回頭……」

「孩兒呀，娘也給你說不明白。要讓我說呀，是你大娘跟這世上活不下去了。你想呀，你大伯叫官府和高主教給砍了頭。你大娘好不容易生了個兒子，還是個黃頭髮藍眼睛，還叫人家教堂裡兒的人給抱走了。你說說，你大娘在這個世上還有啥活頭兒呀？人要是沒了活頭兒，可不就得走嗎。走得遠遠兒的，就像你大娘說的，找一個不熬人，不殺人，清清靜靜沒有人的地方……就跟咱們去天津衛一個樣，咱們也是想逃得遠遠兒的，逃到一個誰也不認識，誰也看不見的地方，好清清靜靜的過日子，好清清靜靜的活幾天……」

羔兒沒聽見娘後來說了什麼。

羔兒睡著了。

三

按照生日先後，瑪麗亞嬤嬤為育嬰堂裡這四個混血男孩取名為，張保祿、張西滿、張若望、張多默。名字都取自聖徒，這個很好理解。可為什麼四個孩子都姓張呢？瑪麗亞嬤嬤說，因為在天石村，這是一個最普遍的姓氏。孩子們的浸禮彌撒是由馬修神父主持的，並且馬修神父還答應瑪麗亞嬤嬤，做這四個孩子的教父。瑪麗亞嬤嬤嘆息說，如果白娥她娘的孩子沒有餓死，我們本該還可以有一個張瑪竇，我們本該有五個男孩的。可憐的孩子，願他的靈魂在天父的懷抱裡得到溫暖。

可在育嬰堂，這四個男孩，是一個不言而喻的禁忌。大家都不肯談論，可大家心裡似乎都在想，他們的父親難道是一個人？不然，他們怎麼會長得如此相像？但是另一個疑問又否決了前一個疑問，如果都是同一個父親，怎麼可能在同一個月裡出生？如果是同一個父親，怎麼又會有五個不同的母親？難道是……大家不約而同地想到了一個人，就是那個冒著生命危險，聲稱自動退出教會，要去天石村說明真相的張馬丁執事。可是，張馬丁執事怎麼可能同時成為五個孩子的父親，而且都是男孩子？這也太不可思議了吧……虔誠的張馬丁執事怎麼會做出這樣的事情？同時成為五個孩子的父親，這怎麼可能？這簡直就是奇蹟！如果不是奇蹟，就無法解釋這一切。如果是奇蹟，又讓大家怎麼看待張馬丁執事？張馬丁執事當初在天石村到底經歷了什麼？現在又身在何處呢？不能再問下去了……一切都超出了常識，或者說常識在這件事情上等於荒謬。……太荒謬了，世界上不可能發生這樣的事情。

瑪麗亞嬤嬤為四個孩子找來了乳母。在馬修醫生細心而又嚴格的指導下，孩子們慢慢胖起來，雪白的皮膚柔潤如脂，金色的頭髮晶瑩閃亮。孩子們響亮的哭聲讓育嬰堂生機勃勃。瑪麗亞嬤嬤把他們稱作是天石村聖母堂的天使。每當看到這四個小天使，瑪麗亞嬤嬤臉上洋溢的容光只能用兩個字來形容——幸福。是的，由衷的幸福。這是瑪麗亞嬤嬤的人間天堂裡，最動人、最溫暖的風景。隔著那道寬闊的河面，瑪麗亞嬤嬤希望，這應當是永保人間的幸福。當這幸福抑制不住地從瑪麗亞嬤嬤的內心深處湧現而出的時候，她常常會為孩子們唱起一支歌：

一百隻羊，有九十九，在主欄中安眠；
但有一隻遠離金門，迷路群山之間；

遠在荒山空谷徘徊，遠離良牧照顧慈懷，
遠離良牧照顧慈懷。
此間主有九十九隻，難道還嫌不夠？
良牧回答：「那隻迷羊，本來是我所有；
路徑雖然高低不平，曠野雖遠，我必去尋，
曠野雖遠，我必去尋。
……」
（《讚美詩．新編》）

漸漸地，馬修醫生覺得自己陷入一個兩難的泥潭裡，進也不是，退也不是。更難受的是，這一切似乎都是自己造成的，而且是不可挽回地造成的。如果自己還只是一名醫生，那一切都順理成章。一個自願為教會無償奉獻知識的醫生，只要願意，自己可以永遠奉獻下去，可以為教會奉獻終生。自己的奉獻是自願的也是自由的。自己可以自由自在地跟著瑪麗亞嬤嬤，跟著喬萬尼，走到任何地方，做任何決定。甚至可以自由地離開。但是，現在不同了，現在自己成為了神父，而且是天石村聖母堂的本堂神父。除了忠於醫生的職守之外，自己現在必須要遵守教會的聖規，首先就是要忠於教會，而不是隱瞞和欺騙教會。一個隱瞞和欺騙教會的神父，就是晚餐桌子上的第十三個人，就是那個出賣了耶穌基督的猶大，就是一個永負詛咒和譴責的人。聖母堂裡那截被瑪麗亞嬤嬤專門留下來的石牆，石牆上那個筆畫扭曲觸目驚心的十字，時時刻刻，都在提醒著自己：說，還是不說，這是一個問題。

在得到下村人的具名訴狀之後，這個焦慮幾乎成了一道催命符。下村人不會不知道這一切的，不然他們也不會那麼激烈地反對修建聖母堂。這面特意留下來的石牆，就像一座早晚會潰敗的堤壩。自己這個本堂神父如今正站在堤壩上眼睜睜地等著洪水淹沒上來。自己不說，可這一切早晚會有人說出來。

繼續像瑪麗亞嬤嬤一樣若無其事地隱瞞這個祕密，還是公開告訴天津教區的主教，甚至直接告訴羅馬，把這一切都解釋清楚。那樣做，也許會永墜深淵，把一切都毀掉。也許，就像瑪麗亞嬤嬤說的，會出現奇蹟：喬萬尼的屍骨和這面石頭的牆壁，會成為一個傳奇，一個神蹟，永遠地留在人間，被人祭拜，被人傳頌……哈利路亞，主啊，願你幫助我這個不稱職的神父，也不稱職的醫生吧。

作為一名醫生，馬修解剖過很多具屍體。他自信，從沒有看到過靈魂。也一直不相信存在莫須有的天堂和地獄。可是現在，他不得不刻骨銘心地感受靈魂的煎熬。不得不接受天堂還是地獄的抉擇。

如果不做出這個最終的決定，馬修神父覺得自己簡直就是這個世界上最沒有尊嚴的人。

每一次的彌撒，每一次的領誦，每一次的宣講，都像是一場拙劣的演出。這種時刻，馬修神父甚至不敢對視信眾的眼睛，他只好羞愧地把頭揚起來躲避大家的直視。

瑪麗亞嬤嬤把這一切看在眼裡，她在靜靜地等待一個機會。終於，在一次晚禱之後。瑪麗亞嬤嬤在那面石牆前叫住了馬修神父：

「神父，請問你現在有時間和我談談嗎？」

馬修神父有點驚訝地轉回身來，「嬤嬤，你想跟我談什麼呢？」

「談你最想做，又最不敢做出的決定。」

馬修神父在驚訝中回過神來，「嬤嬤，你怎麼知道什麼是我最想做，什麼是我最不敢做的呢？」

瑪麗亞嬤嬤笑起來，「在這座教堂裡，除了你自己不知道，恐怕是所有的人都和我一樣，早就看出來你的焦躁不安了。」

雖然還沒有得到答案，但是，馬修神父忽然覺得如釋重負，他快步走過去，和瑪麗亞嬤嬤坐在一起。

瑪麗亞嬤嬤直截了當地指著那面石牆說：「讓你一直焦躁不安的就是他，就是喬萬尼。對不對？」

馬修神父長嘆一聲，「是的，嬤嬤。」

瑪麗亞嬤嬤平靜地又說：「神父，你不用猶豫，我希望你把這一切都原原本本地報告給天津教區的主教大人，並請他轉告羅馬教廷封聖部。為他申請封聖。我認為，他最起碼也應當得到『可敬者』的第二品級，並最終應當被封聖。你看見牆壁上的這個十字了嗎？這是一群對天主教毫無所知，甚至是對天主教充滿了仇恨和誤解的村婦們，用石牆埋葬喬萬尼時，無意之間壘砌出來的。這個十字，就是一個確鑿的神蹟。」說著，她又從胸前摘下自己的十字架，「神父，你看看這個十字架，這是萊高維諾主教被綁十字架放在大火中燃燒後，我從殘存的骸骨中撿到的。當萊高維諾主教燒成灰燼的時候，這支十字架卻在烈火中保存了下來，這難道不也是一個確鑿的神蹟嗎？不錯，那五個男孩都是喬萬尼的孩子，但他們都是在一場幾乎癲狂的誤會和仇恨中發生的。我不是在指責，但事實就是：當初萊高維諾主教一定要殺死張天賜、摧毀娘娘廟，才種下了仇恨的種子。這五個孩子本是因為一場仇恨和報復而出生的。就像我們使用步槍也無法阻擋衝向教堂的人群；被凍爛了手腳躺在土炕上的喬萬尼，也無法阻止那些渴望得到孩子，又相信神靈降臨的女人們。她們認為這是她們的女媧娘娘所能賦予的最大的恩惠。這是她們用生對死的報復。這不是喬萬尼的錯，他是為了平息血仇而來的。這是喬萬尼在自己的苦路上的，最為痛苦難堪的一站。嚴格地說，喬萬尼的退出教會，和他最終不得不孤獨一人接受這樣的結局，是同樣的。這都是他跨出凡俗界限的代價，這都是他想要獨自一人承擔罪責和苦難的代價。我甚至覺得，他最終認為這都是他信守對天父的承諾所應得的苦難。那就是他要背負的十字架。那是一場凡俗的人們無法理解的善與惡的絞殺。在常人看來這簡直就是一樁醜聞。可在我看來，孩子們天真無辜的眼神，就是一種證明。最終，這是最為純潔和善良的誕生。神父，我會把我所知道的關於喬萬尼的一切細節都告訴你。請你為他申請封聖。我知道，在外人看來，喬萬尼的所做所為超出了教規教儀，在一般人眼裡那幾乎是對主的褻瀆。可我不這樣看，在我看來那是一種忘我的獻身，就像一顆流星忘我地縱身一躍，在天幕上劃出了一道耀眼的光芒。他是那個走出了凡俗世界的遠行者，我們都還留在七天之內循環往復，他卻以自己的生命做成了對主的獻祭。我們都是因為他的指引而來到了天石村，我們都是因為他而親眼見證了主的天國正降臨在天石村——主的聖殿在曾經相互殺戮的土地上建立，人們正放棄血仇而成為主的信眾，成為兄弟姊妹。一切原本不可能的正在我們眼前變成現實。神父，你說是這樣吧？」

眼淚流到了胸前的長袍上，馬修神父由衷地感嘆，「瑪麗亞嬤嬤，到現在，我也還是一直覺得自己更像一個醫生，不像一個神父。我不能像你一樣，也更不能像喬萬尼一樣，忘我地面對永恆的神，忘我地面對永不求回報的天父。」

瑪麗亞嬤嬤依舊還是像往常一樣平靜，「神父，你現在可以忘我地為主做一件事情了：你去寫吧，把你知道的一切告訴整個世界。誠實和善良是一切善行的根源。誠實和善良也是一切堅信的根源。只要遵照主的意願，奇蹟總要發生的。阿門。」

馬修神父還是放不下自己的擔憂，「嬤嬤，如果我們這樣做了，得到的是反對怎麼辦？我們不能一廂情願地相信，別人也會像你一樣理解喬萬尼。如果天津教區主教和羅馬方面全都反對，我們怎麼辦呢？那樣的話，我們就將失去存在的合理性，他們甚至可以褫奪你在這裡建立的一切。到那時候，你，還有我們，又將如何面對？又將怎麼辦呢？我們豈不是正在親手自己毀掉自己的天堂？如果我們不說，如果我們不向任何人提起這一切，我們尚可就這樣和大家一樣的住在教堂裡。甚至就可以這樣度過一生。可如果說了，一切都將無法挽回。這才是讓我深陷煎熬的原因。」

瑪麗亞嬤嬤堅定地點點頭，「這也曾經讓我深陷煎熬。但是，我們已經追隨喬萬尼來到了天石村，我們已經跟著他的腳步跨進了第八天，就讓我們坦然接受這苦路上的所有考驗吧，我們已經沒有退路。如果一切都會因此而毀滅，那我們只有接受。就像喬萬尼在萬人唾罵中跨出了教堂，就像萊高維諾主教毅然走進了火焰，就像耶穌走向了各各他，那就是我們對主的獻祭。神父，我不過是一個最普通不過的修女，我唯一能深信不移的只有對主的樸素的堅信。可你不一樣，神父，你現在有機會做一件不平凡的事情，你去寫吧，把真相告訴他們。以你醫學博士的身分，以你這麼多年來對天主的奉獻，你說的話，會比別人更有力量，你會說服他們的。我剛剛已經說過了，只要遵照主的意願，奇蹟總要發生的。阿門。」

馬修神父點點頭，「好吧，嬤嬤。做為醫生我知道，已知的世界是留給人的。做為神父，我現在知道未知的世界是屬於神的。嬤嬤，我覺得你才是我的神父，你幾乎一直是我的指引者。」

瑪麗亞嬤嬤臉上露出一絲真誠的羞澀：「神父，請你不要這樣說。我真的不過是一個最普通的修女，一個內心深處傷痕累累的修女。」說著，瑪麗亞嬤嬤直視著馬修神父問道：

「神父，為了實現主的地上天國，就讓我們在自己的苦路上相互扶持吧。你願意嗎？」

馬修神父看著那雙溫和、堅定的眼睛回答：

「嬤嬤，我願意。」

四

上帝沒有展現奇蹟，卻讓可怕的災難降臨了。

一場慘烈的瘟疫在天石村爆發了。一開始只有下村的人發病，病人的症狀都很相似：劇烈地嘔吐，腹瀉，接下來是非自主性腹瀉，瀉出來的都是渾水；然後就是全身抽搐、面部痙攣、暈厥，死人。死者的皮膚會呈現出令人恐怖的藍色。整個病程猝不及防，快的一兩天，慢的也只有兩三天。而且是一家接一家的染病，一家接一家的死人。人們像是被從山林裡驅趕出來的獸群，慌亂，恐懼，眼睛裡一片無辜的茫然。傳言也隨之而起：上村人說，這全是因為有人公開反對修建聖母堂，得罪了聖母，所以聖父才把瘟疫降到下村，懲罰那些個冒犯聖母的罪人。下村人說，這是天父的懲罰，是因為我們把聖母堂和異教的廟宇修建在同一塊石頭上；是因為有人把一個被萊高維諾主教驅除出教的猶大，留在聖母的聖殿裡膜拜；所以天父才會懲罰我們。天石上的那座聖母堂，就是上村人老張家的家廟。我們去邪惡之地望彌撒，現在全都成了沾滿邪惡的罪人。謠言比瘟疫更快也更惡毒地在村裡到處流傳。

住在下村的喬、秦、高這幾戶小姓人家，本來就是萊高維諾主教的忠實追隨者，他們本能地懷疑瑪麗亞嬤嬤所做的事情。現在，眼前的災難證實了一切。而且眼看著這場災難像難以阻擋的野火，開始在下村蔓延。

馬修神父以他醫生的職業直覺意識到，這很有可能是那個在全世界殺人無數的霍亂傳染病。他和瑪麗亞嬤嬤立刻趕到下村，挨家挨戶的詢問調查。很快，他們找到了共同點，下村人都吃同一口井裡的水。馬修醫生不難做出判斷：這口井在去年的大洪水中被淹沒，井水遭遇了上游沖下來的洪水污染，現在春季一到，霍亂病菌迅速繁衍滋生。馬修醫生當機立斷，把所有發病的人留在家裡隔離，由聖母堂的修女們和志願者來照顧起居。所有因為患病而死的人要麼深埋，要麼連同被他們的排泄物、嘔吐物污染過的衣服、被褥一起火化。所有還沒有被傳染的人一定要和病人分開隔離居住。家裡沒有空房隔離的，就都轉移到教堂去居住。下村這口水井立刻填封，不再使用。所有的人絕不要再喝生水，吃生菜，只能喝煮開過的淨水，煮熟的食物。下村的村民們滿心懷疑地看著這兩個宣布災難的人，他們害怕自己再一次聽信了邪惡。瑪麗亞嬤嬤耐心地勸慰人們：

「這一次，請你們相信馬修神父，因為他是醫生，他是醫學博士，他對疾病的知識比我們所有的人加起來還要多！我以聖父、聖母的名義發誓！聽他的話吧，求求你們，不要都在這裡等死。這是真的！」

馬修醫生還採取了井水、病人的嘔吐物和糞便樣本，他對瑪麗亞嬤嬤說：

「嬤嬤，我現在需要一間光線最好的房間，安置我的蔡司顯微鏡，也許我可以看見，上帝才可以看見的東西。」停頓了一下，他又改口道，「也許我可以看見魔鬼到底是誰？」

瑪麗亞嬤嬤毫不猶豫地回答，「醫生，只要我能做到的，我會提供給你所需要的一切！也會按照你提出的一切要求去做！」

馬修醫生的擔心終於被驗證了。他在光學顯微鏡下看到了霍亂弧菌。隨即，他發出了更為嚴厲的禁令：從現在起，天石村必須與外界切斷人員往來。要趕快把這裡發病的消息告訴對岸，並禁止外人進入天石村。也禁止上下村的相互交流。他在胸前畫著十字對瑪麗亞嬤嬤感嘆：

「嬤嬤，不幸中的萬幸是我們有一道天然的隔離屏障，幸虧天石村是一座被河水隔開的孤島，才能避免大面積災難性的傳染。嬤嬤，霍亂的傳染性和死亡率都是最為可怕的。這一次，我們恐怕是真的掉進煉獄了，每一個人都將面臨死亡。目前世界上還沒有治療霍亂的藥物，只有一些輔助性的手段。劇烈的腹瀉和嘔吐會讓病人迅速的脫水性昏迷，會打破體液的電解質平衡，引發腎臟衰竭。只能給病人多多的補充液體，讓他們多喝鹽水、多喝糖水，多喝菠菜和馬鈴薯燒出來的羹湯。剩下的一切都要看病人的抵抗能力，或者說一切都要看運氣了。醫學不是上帝，醫學有太多的無能為力和一無所知。為了了解霍亂的病原，已經死了不知多少醫生。如果不是之前許多人的努力，如果不是英國的約翰・斯諾醫生和德國的羅伯特・科赫教授，如果沒有顯微鏡的發明，人類對霍亂的認識還停留在猜測和想像當中。幸虧瘟疫是在春天發生的。我不知道，在夏季來臨之前死神會奪走多少人命。我也不知道，我們今天還在這裡談話，明天還能不能再有這樣的機會。」

瑪麗亞嬤嬤的眼淚湧上來，「馬修神父，上帝救自救者，我們現在只剩下自己拯救自己了。從明天起，我來帶領幾位志願者去下村，幫助那些可憐的人們。但是，神父，請你必須答應我，你不能再去，天石村現在可以沒有神父，但是絕對不能沒有醫生。」

「瑪麗亞嬤嬤，我們這是在訣別嗎？」

「不，不是訣別。是在醫生的指導下做好一切該做的事情。」

馬修神父捧起了瑪麗亞嬤嬤的手，「嬤嬤，真的會死很多人的。你帶去下村的人，包括你自己，千萬要注意保護自己。你們和病人，和一切污染物，盡量避免直接接觸，最好用頭巾擋住自己的口鼻。所有的屍體都需要深埋，並且覆蓋生石灰粉。每家每戶的廁所都是傳染源，也需要撒生石灰粉消毒。和病患發生了接觸，一定要用肥皂和石炭酸劑洗手，我們帶來的石炭酸劑多半不夠使用，那就用葡萄酒代替，或者用本地的燒酒也可以。你們外出穿戴的衣物，一定不要再帶進起居室內。還有，萬一你自己覺得有什麼感染的跡象，不要粗心大意，一定要萬分警惕，一定要立即讓我知道。」

瑪麗亞嬤嬤睜大了眼睛，「醫生，我們好像在談論一場戰爭。」

馬修醫生沉重地點點頭，「是的，嬤嬤。是一場和死神的戰爭。而且是一場力量太過懸殊的戰爭。對於病魔，我們手上沒有多少可用的武器。說來真是諷刺，動物對於霍亂弧菌具有天然的免疫力。做為萬物之靈的人卻沒有一絲一毫的免疫力。上帝只不過撒下一把細如微塵的小東西，馬上就會演變成人間慘劇。做為醫生我真是覺得無助而又慚愧。做為神父我不知道這是上帝在懲罰誰？」

瑪麗亞嬤嬤安慰地拍拍馬修醫生的手，「神父，上帝的事讓上帝去做。我們的事讓我們自己竭盡所能去做。至於誰最終能活下來，還是由上帝來決定吧。那不是傷心和慚愧所能替代的。醫生，你現在是這場戰鬥的指揮官，我們需要你的清醒和決斷。」

這一天的晚禱沉重得令人窒息。

空蕩蕩的聖母堂裡，只剩下馬修神父和瑪麗亞嬤嬤。沒有熄滅的燭火，把原本就掩飾不住的恐懼和孤獨，放大到無處不在的暗影當中。明暗搖曳的光影裡，響起兩個人的對話，瑪麗亞嬤嬤實在不知怎樣說才能表達自己的歉意：

「神父，你還記得喬萬尼第一次被萊高維諾主教帶到天石鎮天主堂的那一次嗎？」

「嬤嬤，我有點模糊了。」

「就是在晚禱之後，主教向我們大家介紹喬萬尼，說他叫喬萬尼・馬丁來自阿爾卑斯山下的瓦拉洛市的聖保祿修道院，他的漢語名字叫做張馬丁。主教的話還沒有說完，我就暈倒了。」

「哦——想起來了。嬤嬤，還是我用嗅鹽幫你蘇醒過來的。」

「對，神父。是你用嗅鹽蘇醒了我的身體。但是，是喬萬尼的突然出現喚醒了我的心，喚醒了我已經死去很多年的心。我就像被閃電擊中一樣當場昏厥過去。喬萬尼太像我死去的兒子洛尼亞了，太像了！以致讓我覺得是聖父聖母讓洛尼亞回到了我的身邊……我是因為洛尼亞的死而進入修道院的。我原本是想讓原來的自己，原來的生活和洛尼亞一起死去。我想把自己過去的一切淹沒在忘記的死水裡……可沒有想到，奇蹟竟然就這樣突然出現在眼前，我是被奇蹟突然擊倒的……也可以說做為母親，心裡死去的一切，突然被奇蹟喚醒了，以致我的身體無法承受這樣的奇蹟。」

「哦——，我明白了嬤嬤，這是醫生的嗅鹽永遠無法喚醒的母愛。」

「是的，神父。可我在很長一段時間裡，為這樣的母愛而慚愧，總是有種揮之不去的負罪感。我恐怕這樣的愛會讓我不能一心一意地把自己獻給天父。我到頭來不過還是一個最普通的母親，而不是主的信徒。是喬萬尼解開了我的慚愧，他說，無緣無故的愛是不需要解釋的。他說這讓他理解了天父為了拯救人們而獻出了自己的兒子，是一種怎樣的煎熬和無邊的愛……神父，其實一直到現在我也還在自我責問，到底是不是我錯了，到底是不是我的母愛，把自己引上了歧途……」

「嬤嬤，在這一點上，我同意喬萬尼，一個母親對孩子無緣無故的愛是不需要解釋的。這就像神的存在不需要解釋是一樣的。如果愛也是一種錯誤，那這個世界就不需要存在了。人們也沒有必要修建這麼多的教堂，我們也沒有必要萬里迢迢遠離家鄉，四處傳播主的聲音。」

「可是神父，我還是很難過，是我把你拖進眼前這場災難裡來的。」

「不是的，嬤嬤，這是我自己的選擇。」

「神父，我真的很抱歉，你原本可以專心致志的做一個醫生，而不必負擔神父的責任。」

「嬤嬤，喬萬尼曾經和我說，神父醫治人的靈魂，醫生醫治人的身體，我現在不過是把它們合而為一了。」

「可是，神父，我們現在似乎失去了人們的信任。」

「是的嬤嬤，他們認為是我們帶來了災難。」

瑪麗亞嬤嬤由衷地嘆息，「……本想是走向天堂的人，結果卻走進了地獄。」

又是一陣令人無比壓抑的沉默……

「嬤嬤，我不知道應該被原諒的是我們，還是神。」

「神父，你還記得我們上次也是在這裡的談話嗎？」

「哪一次呢？」

「就是我說起只有誠實和善良才是一切堅信的根源。」

「哦，想起來了。我記得。」

「現在我想應該補充說，只有最徹底的誠實和不求任何回報的善良，才是堅信的基石。」

「是啊。嬤嬤，我們的基石被打破了。」

「不是的神父。我們只是還沒有把所有的事實都講給他們聽。」

「是啊，嬤嬤。我們原本是想等著有了天津教區主教大人，或是羅馬教廷的回答後，再向大家講出所有的真相。可沒有想到，真相自己提前來了。而且是和這樣一場可怕的瘟疫一起來的。現在我真覺得羞愧，真覺得自己不像一個神父，倒像是一個撒謊者。」

「不，神父。你不是撒謊者，你只是還沒有來得及講出真相。就像喬萬尼一樣……喬萬尼是永遠失去了講出真相的機會，所以他才是孤獨者，他才是一個人獨自承擔了所有罪惡的孤獨者……在此之前，我還沒有體會到這一切，現在，我們也許是才剛剛開始。」

「嬤嬤……你還曾經說過，如果是這樣，我們就接受這一切。」

「是的，神父。接受這一切。接受所有的天堂和地獄。」

「……接受所有的天堂和地獄……」

「是的，神父。接受所有能夠想像到的，和所有不能想像的一切。」

「嬤嬤，這比耶穌基督走向各各他還要難，因為耶穌是神，是上帝之子。而我們不過是平凡的人。」

「是啊，我們都是平凡的人。不同的是我們都是聽從上帝召喚的人。而且，我們是要把這召喚傳播到所有荒遠之地的人。所以，我們才不遠萬里來到這裡，來到這些生死未卜的荒遠之地。」

「是啊，來到生死未卜的荒遠之地，經歷人所未知的艱難困苦，把煉獄變成主的榮耀。」

「神父，你說得真好：把煉獄變成主的榮耀……被主的榮耀照亮內心的人，就是幸福的人。」

感動的淚水湧上來。教堂裡一陣無聲的沉默。

沉默之後，瑪麗亞嬤嬤抬起頭來，「神父，我們來唱一支歌吧！」

「哪一支？」

「就唱那支〈主尋亡羊歌〉。」

於是，空蕩蕩的教堂裡，搖曳不定的燈光中響起了歌聲：

……

得救之羊，從未知道，
路中山高水深；
不知長夜何等黑暗，
尋羊何等艱辛。
曠野之中，救主遙聞
迷羊失望垂死哀鳴，
迷羊失望垂死哀鳴。

問主：「山徑沿途血跡，
到底從何而來？」
主說：「牧人必須流血，

迷羊才救得回。」
問主：「雙手因何傷裂？」
主說：「因為路多荊棘。」
主說：「因為路多荊棘。」

遠從迅雷轟破之山，
穿過危崖絕壁，
牧人呼聲直達天門：
「樂哉，亡羊已得。」
圍繞寶座天使合唱：
「樂哉，亡羊已得。」
圍繞寶座天使合唱：
「樂哉，主已覓得亡羊！」
「樂哉，主已覓得亡羊！」

黑暗中，動人的歌聲從高聳的天石上傳出來。

不知不覺中，聖母堂的大門前聚集起一些被燭光照亮的眼睛。等人群散去。瑪麗亞嬤嬤正要關門的時候，忽然聽見有人叫她。她轉過頭去，看見立在暗影裡的二福子。

二福子急切地走上來，「嬤嬤，讓我跟您去下村吧，我想去。我什麼活兒都能幹，我不怕吃苦受累……」

瑪麗亞嬤嬤鄭重地看著他，「二福子，這一次要做的事情不只是苦和累。這一次，很可能會死人的，會死很多人。」

瑪麗亞嬤嬤沒想到，二福子竟然露出了一絲笑容，「嬤嬤，現在天石村沒有比我更不怕死的人了……嬤嬤，我想死。」

瑪麗亞嬤嬤被眼前的這個回答震驚了。停了一刻，她才緩和下來，「好吧，二福子，那我們就趕快去準備吧。」

五

張壽山騎著洋車，帶著迎兒來到紫竹林女子小學的大門口。迎兒看見隔著一大片地毯一樣的草坪，圍了一圈紅色的磚樓，磚樓外邊都有白色的沿廊，正面主樓的中間是一座高高的鐘樓，鐘樓上有一個金色的十字架。張壽山指著學校卷拱大門上的大字說，看見了吧，紫竹林女子小學校。然後又指著大門旁邊牆壁上的銅牌那幾行洋文說，這上邊寫的是：美利堅合眾國美以美會天津教區主辦。

而後，張壽山轉過頭來問，「迎兒，這學校好看不？」

迎兒點點頭，「好看。」

張壽山又問，「想來上學不？」

迎兒又點點頭，「想。」

「迎兒，你知道小爺為啥帶你專門上這兒來嗎？」

「不知道。」

「因為這個學校是個教會學校，管得嚴，小爺能放心。還因為這個學校它是個漢語英語都教的雙語學校。你能學咱們的漢語、也能學人家的英語，兩不耽誤。我有一個同學就是這個學校的老師，咱們只要交了學費就能來上學。」

迎兒問：「小爺，那得交多少錢哪？」

張壽山擺擺頭，「錢的事兒，不難，也不用你操心。可有一件事挺難辦的，你得幫幫小爺。」

「小爺，我能幫上啥忙呀？」

張壽山拍拍迎兒的肩膀，「這是個教會學校，上了這個學校你就得入洋教。雖說美以美會，和咱們老家的聖方濟各會它不是一種教，可到底也是洋人的洋教。你得幫著小爺一塊堆兒跟你小嬸兒說說這件事，不把你小嬸兒說通了，你就來不了。你小嬸兒就是為了不入教才帶了你們全家逃到咱們天津來的，可到了天津還是個入教，你想想你小嬸兒能吐口答應嗎？」

迎兒有點為難，「小爺，我要是來上學，誰幫著小嬸兒幹活兒呀？」

「迎兒，你今年多大了？」

「十歲。」

「是啊。都十歲了，再不上學就耽誤了。迎兒，咱們店裡人手多著呢，壓根兒就用不著你小嬸兒。你小嬸兒是閒不住，是不落忍，你不讓她動彈動彈，她就難受，她就覺著自己個兒成了吃閒飯的。其實呢，你們家沒來之前，四海客棧都開了一二十年了，哪就缺她這一個幹活的人呀？」

迎兒聽明白了，「行。小爺，我跟小嬸兒說去。看看能說動她不。可我怎麼跟小嬸兒說呢？小爺，要是小嬸兒不答應，我就不上學了。我不想讓小嬸難過。」

張壽山嘆了口氣，「哎，我擔心的也就是這件事。迎兒，這上學的事情，不光只你一個人。你後邊的招兒、羔兒、恩盛趕明兒個，都得上學，都得當有文化有教養有出息的人。這都是孩子們一輩子的大事。你們現在離開老家到了天津衛了，不再是鄉下人了。到了大城市了，就得當個城裡人。你這個當姊姊的，得給妹妹弟弟們開個好頭，得有個當姊姊的樣。」

迎兒咬著嘴唇點點頭。

張壽山又拍拍迎兒的肩膀，「那就說定了，我說你也說，咱們一塊堆兒說。」

迎兒又點點頭，「行。」

張壽山沒想到，迎兒的「行」，就是什麼也不說。她自從回到家，上學的事情一句也不提，天天跟著小嬸幹活。洗床單，洗被褥，洗衣服，打掃客房，還幫忙洗菜做飯。大件洗不動，就洗小件。一桶水提不動，就提半桶水。每天就是悶頭幹活，比客棧裡的小夥計還忙。常常忙得滿頭是汗。可迎兒一不叫苦，二不喊累，好像就願意幹活，就願意這樣幹一輩子的活。把一雙小手揉搓的通紅通紅。

終於，有一天小嬸說話了，「迎兒，你別見天兒跟著我了。」

迎兒抬起臉來，「小嬸兒，我不跟著你，那我咋兒幹活呀？」

小嬸兒的眼淚流下來，「傻孩子，你真打算一輩子就這麼活呀？一輩子就當個打雜的？你忘了你二伯是咋兒說的啦？你們都得上學，不能再像小嬸兒是的當一輩子睜眼瞎……你想幹什麼小嬸兒心裡能不清楚嗎？就聽你小爺的吧，就去那個紫竹林小學吧，好歹還都是閨女家在一塊上學。我還能放心點。迎兒，你記住了，你媽不在了，小嬸兒就是你媽，有什麼話都得跟小嬸兒說……看見你受委屈小嬸兒比看見什麼都難受。瞧瞧你這雙手都揉搓成什麼樣了？你當小嬸兒看見不心疼呀？入教就入教吧。學洋話就學洋話吧。你小爺的那個什麼北洋大學堂，不是也都學洋話嗎。都說人挪活，樹挪死。咱們一家子人都逃到天津衛了，不是也得入鄉隨俗嘛，不是也得活嘛……去吧，就去你小爺看中的那個學校，趕明兒個學出點本事來，也好給你爹娘，給小嬸兒，給咱們全家人都爭口氣。」

迎兒也哭了。

迎兒抱著小嬸兒，悶在小嬸兒懷裡嗚嗚的哭。

六

頭戴瓜皮帽，身穿長袍馬褂的張天保掀開門簾，跨進四海客棧的前堂，身後緊跟了四個穿戴精幹的夥計。張天保四下打量一番，高聲叫道：

「打擾啦，掌櫃的。」

掌櫃的從算盤上抬起頭來，滿臉堆笑：「老幾位發財啦您哪！您這是打哪來，打算住幾天哪？」

張天保微微一笑，「我們打武清過來，看看天津衛今年的洋紙是個啥行市。打算住個兩三天。想看看您這兒有空房沒有？」

一聽武清二字，掌櫃的趕緊抬起手來，「您老快請，好房子都在後邊哪。」

一眾人跟著掌櫃的穿過兩座天井，來到後院的二樓上，在一扇拱頂大門前停下，掌櫃的拍拍門環，「老東家，您要見的客人到了。」

張天保轉身對隨從們吩咐，「你們先跟著掌櫃的號房子去，我在這兒先說幾句話兒。」跨進房門的時候，張天保看見迎出來的張五爺和跟在五爺身後的年輕人。張五爺滿面春風。

「天保呀，可把你給等來了，趕緊著，你們爺倆先見個面。」說著把那個年輕人推到前面，「這就是你小叔，叫個壽山。在壽字輩裡兒，排老小，你該叫他小叔。壽山哪，這就是跟你說了多少回的聶提督手下的神槍手張天保。」

張天保拱手而拜，「小叔，頭一回見面兒。給五爺捎話兒的人說有個緊急的事情非要在天津當面說，我這就趕緊來天津了。也不知是個啥事情這麼著急？」

五爺在一邊招呼，「多緊急的事情也得坐下說話兒不是。來來，先坐下，先坐下。」

三人坐定，張壽山開門見山，「事情緊急，我就長話短說。天保你也知道了，我們現在和一個英國人合股開了個東陘煤礦，雖有波折總算是開市大吉，在天津衛打開了局面，正打算擴大招工，增加產量。約瑟夫先生已經設計好了，還要建設工程師樓、技工宿舍、學校、幼稚園、教堂、醫院，得從英國招來一大批專業人員。眼看一切都進展順利，可眼前突然出了個麻煩事情。我們運煤的火車在牛頭嶺，被土匪打劫了幾次。他們用樹樁子、大石頭堆到鐵軌上，逼停火車。一不搶火車，二不搶煤，就是搶人綁票，專門綁火車司機。頭兩次要一兩千塊大洋，嚐上甜頭了，現在張嘴就是五千、一萬。這火車司機都是約瑟夫先生從英國高薪聘請來的。現在鬧得司機們都不敢出車。不出車，就運不出煤去，就沒法按時交貨。這事情和官府交涉了無數次，官府也派兵來圍剿抓捕過兩三次，可越剿越厲害。現在鬧到幾乎無法生產的地步，雖說約瑟夫先生認識直隸總督，官府裡也多有人脈，可遠水不解近渴，煤礦的生產停頓不起呀！」

張天保聽到此處已經猜出幾分，爽快地回道：「小叔，有什麼吩咐儘管直說。」

張壽山也爽快，「沒別的，想請你出山，治治這些土匪，這是我爹替我想出來的主意。可我有個更長遠的主意，想先問問你同意不同意。這才急著把你叫到天津來面談。」

「您就說怎麼幹吧。」

「我聽說你現在有百十號人馬，我想請你們乾脆出山，到我們東陘煤礦組建一支正規的礦山警衛隊。早就聽說你治軍嚴謹，把聶家軍整練的如同新編陸軍。」

張天保笑了，「小叔，我可是官府通緝的要犯。你們不怕受連累？」

張壽山一臉正色，「這個無妨。只要是在我們東陘煤礦的地面之內，包括運煤鐵路兩側一公里之內，東陘煤礦享有治權。任何人不得擅入滋擾。這是開礦之前約瑟夫先生就和官府簽好的條約。只要你肯出山，我們就可以建立一支正規的礦區警衛隊。統一服裝、月薪兩塊大洋、吃住都在廠區之內。警官發給手槍，衛兵發給七子毛瑟步槍，押運車廂上還要裝備馬特林機關砲。每次出車，都要派人武裝押運隨車往來。礦區的保安管制也就有了長期治理的辦法。也省得附近村民再來不斷偷盜礦山器材。到礦上來偷東西，幾乎成了他們養家餬口的生意。約瑟夫先生的長期規畫裡就短缺礦區保安這一條，那是他們英國人在英國萬萬不會想到的，大清的匪盜比他挖出來的煤還要多。如果你答應出山，你和弟兄們從此修成正果，也省得整日背著個土匪的名聲，終年累月的，在荒山野嶺風餐露宿遊走不定，終歸不是長久之計。天保，你掂量著我的這個主意行不行？」

長久之計這四個字，一下子打動了張天保。

看出張天保有所心動，張壽山拍拍張天保的肩膀，「天保，你我雖以叔侄相稱，年齡上相差無幾近乎兄弟。你入新編陸軍，我進北洋大學堂，一文一武，我們做的事情可謂是前無古人。謀大事者，不爭一時一事之勝敗，也不固守約定俗成之陋規。做了礦山警衛隊未必就是虎落平陽。只要手裡有人、有槍、能持久，才有壯大的一天。遭逢亂世，借廟也能成佛。藏龍臥虎未必將來就不是英雄好漢。不必非要打一面旗幟來證明。更何況，現在是有一座現成的廟請你去念經。至於你說到的名字，這好辦。既然你以聶軍門為榮，往後索性更名改姓，聶軍門叫聶士成，你就改叫聶繼志，你就是礦山警衛隊的聶隊長。除了保護煤礦的安全之外，警衛隊的指揮權還是在你的手裡。」張壽山加重了語氣推心置腹，「天保，庚子之亂雖說以賠款求和了事。可依我看，這四萬萬五千萬兩白銀的賠款，就能要了大清朝的命，滿人的大清朝早已經油燈耗盡。你我都還年輕，我們有工夫等著看這場落幕的大戲。也正因為如此，我們不妨早做準備。」

張五爺在一旁插話：「壽山，你嘴上就沒個輕重。辦事情就說辦事情，咱們不說這些個招禍的閒話。」

張天保笑起來，「五爺，我現在就是把嘴縫上，人家朝廷也饒不過我去。」隨後對面前的父子二人雙手抱拳，「五爺，小叔，多謝二老這麼替我操心。當初我拉起隊伍上山造反的時候，答應過弟兄們：他們把命交給我，我也把命交給他們，從今往後同生共死。要是只叫我們收拾幾個土匪蟊賊，手到擒來小事一樁。可收手下山這麼大的事情，我得回去問問弟兄們，到底行不行，到底有誰願意跟我下山。你們得再給我幾天工夫，我才敢回這個話兒。」

父子二人一起笑起來：「這話有理。」

張壽山還是催促了一句：「天保，得快，得趕快。停產一天，就是上萬兩的銀子！」

張天保自信地回答：「壽山叔，放心！我知道這裡兒的輕重！」

五爺轉身招呼：「天保呀，還沒看看孩子們和柱兒他娘呢。走，走，趕緊著跟我走。」

剛剛走進四海客棧的後院，孩子們就像小鳥一樣撲上來。

「二伯，二伯……媽——，我二伯來啦！」

張天保分明看見三個小城裡人朝自己跑過來，衣衫鮮亮的孩子們的身後，站著一個紅光滿面，挽起袖子攤開雙手的女人，洗衣服的肥皂水正順著她的雙手滴落不止。一綹垂下來的頭髮擋住了眼睛，可是遠遠地，還是看見有興奮的淚水從她臉上流下來。

羔兒搖著張天保的胳膊問：「二伯，二伯，你咋兒就不問問白悶兒呀？」

張天保低下頭來：「對了，白悶兒呢？」

羔兒指著院子的一角：「二伯，你瞅瞅，跟大黃和黑子在一塊堆兒呢！」

在一圈木柵欄裡，白悶兒低著頭紮在一堆青草裡吃得正香。兩隻狗一黃一黑，驚訝地站起來，跟著叫喊不停的孩子們一起叫。

張天保問：「哪兒來的青草啊？」

孩子們喊成一片：「小爺跟二明哥騎洋車到牆子河邊兒割回來的，小爺說牆子河邊兒草地可大著哪，比老家的還大！」

羔兒又搶著問：「二伯，你咋兒不問問迎兒姊上學沒？」

張天保驚訝地朝迎兒轉過臉去：「呦，迎兒都上學啦！學校在哪兒呀？」

迎兒紅了臉：「二叔，學校在紫竹林，是個美國的教會小學。」

「那每天個怎麼去學校呀？」

羔兒又搶上來：「騎洋車呀。我迎兒姊早就學會騎洋車了！」

張天保又問：「迎兒，在洋人的學校裡兒得學說洋話吧？」

迎兒點點頭，「學。」

「行！迎兒長本事了！我們武衛前軍的洋教官全都是嗚哩哇啦說洋話！」

羔兒又搶話，「我也會：好肚兒油肚兒（How do you do）——你好嗎？是吧？迎兒姊？」

迎兒捂著嘴笑。

杜兒他娘走過來，撩起圍裙不停地擦手，不停地擦抹臉上的淚水，一邊笑著問候：「他二伯，您來啦？」一邊拉住羔兒的肩膀，「羔兒，別搶話，讓你二伯說話。」

張五爺在後邊催促：「這不是都好好的嗎？趕緊著，快不用哭啦！還沒見著恩盛呢。」

第四章

一

連日的操勞讓馬修醫生疲憊之極，不知不覺中他伏在自己的桌子上睡著了。不知是睡了很久，還是只睡了片刻，他在極度的困乏中被人推醒了。跑來的修女慌亂得口不擇言：

「神父、神父，天啊……你快去看看，那些瘋子把聖母堂拆了……上帝呀……滿地都是石頭……」

馬修神父跟著修女跑到聖母堂，推開東堂的大門，果然看見石頭、沙土散落滿地，原來祭壇下面那一截專門留下的石牆不見了，只有一個凌亂的大洞口，像一隻猛獸露出巨齒獠牙，張開了凶殘的大嘴。

馬修神父立刻意識到發生了什麼，他分明看見那群住在教堂裡的下村人，手裡還拿著鐵錘和鐵鑿。他指著牆上的洞口質問：

「你們……你們為什麼要這樣做？你們竟敢在教堂裡毀壞聖母的祭壇！」

拿著鐵錘的人毫無懼色地回答，「神父，我們沒有毀壞聖母的祭壇，我們是來清除藏在石牆裡的猶大……不清除了這個背叛教會的猶大，天石村就會下地獄！我們都是相信萊高維諾主教的……我們現在已經被天父懲罰了，我們已經掉進地獄了！我們不想等著讓霍亂殺死！我們是來救我們自己個兒的！」

馬修不敢相信自己聽到的，他一臉慘白，「你們到底把喬萬尼，把張馬丁執事怎樣了……」

「碼頭上有人給我們傳過話兒來了，天津大主教已經給天石鎮天主堂來信了，讓我們一定要從聖母堂裡剷除了這個背叛了教會的猶大！我們已經把他挖出來，扔進河裡兒了，早就沖沒影兒了，你現在想找也找不著他了！」

一陣暈眩劇烈地襲來，馬修神父不由得晃動著身子，他下意識地抓住一隻椅背，而後，顫抖著舉起一隻手來：

「我讓你們躲開瘟疫住在我的教堂裡，是為了保護你們。瑪麗亞嬤嬤為了救你們和你們的親人，冒死走進霍亂病區……如果真像你們污蔑的是張馬丁執事帶來的瘟疫災難，那首先受到懲罰的應當是我和瑪麗亞嬤嬤，為什麼上帝偏偏讓瘟疫在下村發生？既然你們這麼仇視我們，這麼仇視我的教堂。現在，你們聽好，請你們從我的教堂裡滾出去！我很想看看上帝最後懲罰的人是誰！滾回地獄裡去！滾！現在就滾！我一秒鐘也不想再看見你們！快點滾！」

馬修神父已經完全是在狂喊。

人群裡有人哭起來，「神父……現在這時候你讓我們上哪兒去呀……出去就是個死啊……」

馬修諷刺地反問，「你們也知道怕死？可你們難道不知道張馬丁執事就是為了說出真相，死在這面石牆裡了。瑪麗亞嬤嬤就是為了救你們的親人走進霍亂病區。我就是為了救你們，冒險把死亡的危險接到自己的教堂裡來了。為了救你們我們隨時都在冒著生命的危險。可我們在你們和你們的主教大人眼裡，竟然都是邪惡的人，都是該被懲罰該被拋棄的人。剛剛，為了你們的主教大人你們不是已經挖開石牆，不是已經把張馬丁執事的屍骨扔進了天母河嗎？下面你們要做的不是應該把我、把瑪麗亞嬤嬤這些邪惡的人都清除乾淨，都扔進天母河嗎？我們難道不是一群不配和你們一起進天堂的人嗎？我們難道不是應該留在自己的地獄裡的罪人嗎？那你們為什麼還像膽小鬼一樣地藏在我的教堂裡？你們沒有半點信仰的尊嚴。你們不過是一群愚昧無知的迷信者！你們只知道享受別人的善行，卻從來不知道回報天父的恩賜。你們更不知道怎樣才能走向上帝，走向神。」

馬修神父再一次舉手指向那個醜惡的洞窟，「所以，你們才會這樣毫不留情地毀壞聖殿！你們不是不該得到天堂，你們是不配得到天堂！」

說完，他掃視著跟前那些驚恐慌亂的眼睛，轉身而去。人們從那個絕然的背影裡聽到最後的一句話：

「留下吧。活著吧。苟且偷生吧。留在你們自己的罪惡世界裡好好想想，為什麼人都是有原罪的！」

聖母堂裡一片死寂。像一個永遠也無法填滿的深淵。

跨出教堂的那一刻，馬修神父再也忍不住悲憤的淚水，他第一次感覺到什麼叫絕望。當初確切知道了喬萬尼的死訊，也沒有讓他感到這種令人窒息的絕望。這一群號稱信仰上帝的人，怎麼能做出如此冷漠惡毒的事情：毀壞教堂，挖出喬萬尼的屍骨，再把屍骨拋進河裡。他們是和別的人一樣的人類嗎？當初自己曾經在病房裡，用鉛筆敲打著那兩具人體骨骼標本，對喬萬尼說過，這兩具標本一男一女，他們都只有兩百零六塊骨頭，這就是全人類。可現在，在經歷了眼前這一幕之後，他不得不反問自己：這個世界上真的有叫做「人類」的統一的物種嗎？真的有全人類這種事情嗎？為什麼他們和我們竟是如此的不同？為什麼他們對我們能有如此刻毒的仇恨？

馬修神父下意識地一直向前走，一直到踩進了河水，他才意識到自己來到了天母河邊。他不由得對著河水哭喊：

「喬萬尼……對不起……瑪麗亞嬤嬤對不起……我沒有能保護好喬萬尼……喬萬尼，你在哪兒啊喬萬尼……你為什麼這樣永遠離開了我們……」

沒人回答。

空曠的河面上，只有亙古不變的流水聲若隱若現。

二

好在墳地底下都是黃沙土，好挖。挖一個深坑，三面直牆，一面坡道，坑底下先墊一層生石灰，一家人一個坑。死人身子下邊要麼襯一條滿是糞便和嘔吐物的褥子，要麼就只有一捲葦席。都順著坡道拽下來，等把屍首排好了，就再撒生石灰粉。一鐵鍬，一鐵鍬的石灰粉撒下去。翻捲的白粉塵就從墳坑裡升騰起來，撲得人滿身、滿臉，嗆得人鼻涕眼淚一塊流。站在墳坑裡邊撒石灰的人就變成了白人，一張一張的白臉上就留下兩隻被石灰粉燒紅的黑眼睛。撒完了生石灰粉，就填墳。在填平的墳坑上留一個墳頭。在墳頭前邊插一塊木頭牌子，寫上某家某人男女共幾口。為的是日後瘟疫過去了，好給家裡活下來的人或是親戚有個分辨。來挖墳埋人的，平日都是村子裡老老實實的莊稼人。沒有人這樣埋過人，也沒有人見過這樣的埋人場面。有的時候，埋著埋著，就有人扔了手裡的鐵鍬，坐在墳邊哭嚎起來，哭得上氣不接下氣。哭一陣，站起來還得埋。哭的時候身邊的人也不勸。大家伙兒都見得多了，大家伙兒也都哭過，哭得人都木了。你哭也不管用。你哭你也還是得埋。你還是得把活兒幹俐落了才行。從古到今，都是活人埋死人，難受得埋，不難受也得埋，哭多少回你也得埋。今天是你埋別人，明天就是別人埋你……幾千幾萬年就這麼全都埋進黃土裡了。村邊的河還是那條天母河，河邊的山還是那座太行山……就是你不是你，我不是我，他不是他了。

在所有志願者們帶到下村來的一應必備物品中，老三最喜歡的是那幾罈子東河老白乾。馬修神父說了，可以用它洗手消毒。以前在望彌撒的時候，馬修神父讓每個人都吃一片小餅乾，喝一口紅色的葡萄酒，說那是耶穌的肉和血，吃了它、喝了它就會記住是誰為拯救人而獻出了自己的鮮血和身體。老三一直覺得那口洋酒不是個味兒，又酸又澀，帶點兒甜，沒有酒勁。要喝酒還是老白乾過癮。一口酒下肚燒得滿膛子發燙。要不怎麼說呢：抽袋菸解心寬，喝口酒消了愁。自從跟瑪麗亞嬤嬤，半吞半吐地說了自己個兒的那些個惡事以後，老三就有點迷上了老白乾，每天睡覺前喝兩口，心裡一熱，腦袋一暈，就不用再發愁了，就能睡個安穩覺。現在好了，有馬修神父的特許，老三自己給自己專門帶了一罈子東河老白乾。就放在自己枕頭邊上。說實話，如果沒有這罈子老白乾撐著，老三說不定早就垮了。每天每天幹的活兒就是挖坑、埋人、撒石灰。每天每天打交道的都是死人。一家子，一家子，死絕了。炕上，地上，院子裡，橫七豎八地躺著，一個一個的面目猙獰，臉色烏藍。沒了主人的狗到處亂竄。烏鴉一群一群地繞著頭頂飛。可老三沒有半句怨言。每天悶著頭搶在別人前頭幹最危險的活。抬屍首，埋人，收集滿是嘔吐和排泄物弄髒的衣物被褥，拿去燒。給各家各戶的茅廁撒生石灰粉。不知走到哪兒，不知什麼時候，耳朵裡就忽然聽見有人發出慘烈的哭叫聲。就這幾天的工夫，下村死了有一半的人。老三覺得自己個兒簡直就是在活地獄裡專管收屍的小鬼兒。可老三不但不擔心，不害怕，他甚至一直在心裡惦記著，自己個兒什麼時候才能快點也染上這個叫霍亂的病，也像那些個被自己個兒埋了人——兩眼一閉，兩腿一蹬，黃土一埋，萬事皆休。什麼發愁啊，害怕呀，自己個兒跟自己個兒過不去呀……什麼地獄的審判呀……全都一筆勾銷，全都無影無蹤……比悶著頭喝老白乾痛快多啦！比天天擔驚受怕的等著那個懺悔也痛快多啦！也不用見天兒覺著對不住瑪麗亞嬤嬤，不用見天兒覺著做了虧心事還得說瞎話瞞人。

可事情偏偏就是那麼不如人意，老天爺偏偏就是跟人做對。老三天天盼著等死，天天盼著自己染上瘟疫，可就偏偏什麼事情也沒有。眼看著酒罈子裡的老白乾越來越少，眼看著端起來的酒罈子分量越來越輕。老三開始在心裡犯嘀咕，就帶了這麼一罈子酒，要是酒喝完了人還沒死，這可咋兒辦哪你說？老三晃著自己越來越輕的酒罈子，就像抱著一個越來越輕、眼看就要喪失了魔法的葫蘆瓶。

這天上午，老三正在撒石灰，有人告訴他說，瑪麗亞嬤嬤染上瘟疫了，病得很重。老三扔下手裡的鐵鍬，就往瑪麗亞嬤嬤住的地方跑。跑到門口被修女攔住了，「嬤嬤現在很嚴重又吐又瀉，已經昏過去了，你不方便進去。」

跑得上氣不接下氣的老三，一下子就癱軟得蹲在了地上，兩隻手拚命地拍打自己的頭，一邊拍打一邊哭：

「嬤嬤、嬤嬤，都怪我……都怪我……都是我的罪過……怎麼染上病的是你，不是我呢……我是鐵了心想死……老天爺咋兒就這麼黑心吶……天主咋兒就這麼不公平呀，要罰、要殺、要下地獄，你們衝我來呀，不是說誰騙了主誰下地獄嗎？怎麼就把個活菩薩拽到地獄裡去啦……這世道真他媽是個瞎了眼的世道啊……嬤嬤，你等等……我全都告給你，全都說給你，我把自己個兒的罪過都說出來，你就能熬過來吧……咱們一命換一命行不行？行不行啊……哈利路亞，以瑪內利……我的天主、聖母你們能公平點嗎？不是都說你們是萬能的嗎？那就把嬤嬤救回來吧……我求求你們啦……顯顯靈吧……一命換一命還不行嗎……你們答應給我們的天堂和地獄它不是不一樣，它不是不是一回事嗎……你們要讓瑪麗亞嬤嬤也跟我一樣下地獄，往後誰還信你們哪，啊？罰我吧、罰我吧……求求你們啦……」

石頭砌的農舍外邊，只有幾隻無主的狗在院子裡遊蕩，有烏鴉落在樹枝上叫。老三不顧一切地撲倒在窗口上。

「嬤嬤，我現在就說，不光說給你也說給大家伙兒聽。嬤嬤，我說的都是真話，我不要主的寬恕，我情願下地獄……我只要能換回你的命。我現在就從頭兒跟您說，連根帶葉全都說：

我不叫二福子，我姓王，叫老三。是河東大王庄的人。我爸爸叫王永福，一家弟兄三個，我是老小。因為一條腿天生就是瘸子，自小兒就不著人待見。我打十五歲上就到了縣城，住在我表姨父陳五六家裡當雜工。我表姨父是縣衙門裡的捕快班頭。家裡挺大，一幢院子前頭花園、後頭菜園總有二三畝地。家裡還有一掛馬車，一匹騾子。說是幫忙，其實就是個長工。一年除了管我吃穿，還給六兩銀子。種菜、種花、養活牲口，趕車出門，打掃院子，挑水劈柴，有時候還得幫忙做飯，都是我的活兒。我表姨父沒啥嗜好，就稀罕個印年畫，自己個兒還專門弄了一間印房。年年兒個我們爺倆都得去一趟武清縣西柳村，淘換人家常家常七彩的門神畫兒。我表姨、表姨父對我沒得說，都當我是家裡人。可我不敢多想，一個八竿子才夠上的表親，哪敢高攀呀。我就規規矩矩叫老爺，叫太太，叫小姐。一家人都挺好，可有一塊心病，就是獨生閨女蓮兒。蓮兒跟我一樣，身子有個毛病，自小一隻眼睛天生的玻璃花，眼仁兒是花的，看不真楚東西。我進門前兒，蓮兒才八歲。一年過一年的，眼瞅著就到了談婚論嫁的時候。求人做媒，左談一家不成，右談一家不成，高不成低不就，說話就到了十八了。照規矩，十八的閨女再嫁不出去，就算是老閨女了。陳爺急了，跟老太太一商量，說是實在不成就讓蓮兒嫁給我。一個一條腿有毛病，一個一隻眼有毛病，誰也別嫌棄誰。也算是親上加親，又都是自小看大的孩子，放在自己家裡頭，放在自己眼跟前兒出不了什麼錯。您說，我能不高興嗎？我哪敢想著有這福分砸到我頭上呀。從八歲看到十八歲，我見天兒看著蓮兒。一天比一天好看，一天比一天受端詳。玻璃花就咋兒啦，你想要還沒有呢？可誰想到人家蓮兒看不上我，一聽說要嫁給我，轉身就往菜園子裡兒走，一抬腿就跳進井裡頭。我一看，也順著井繩溜下去了。嚇得我們這一群人，這個忙乎呀，七手八腳趕緊把人撈上來了。從那天起，再沒人敢跟蓮兒提這件事兒。

別人不提了，可我心裡兒放不下呀！當初一聽說這事情，我就顛顛兒的跑到人家沈記銀匠鋪，給蓮兒買了一個頭髮簪子，人家沈掌櫃的問我，你想好了，這只蝴蝶兒花的掐絲銀簪子可是貴，三兩銀子，不還價兒。這可是照著廣州十三行的樣式做的，專門兒賣給西洋人的，是個洋貨。我一咬牙，貴就貴，就是它了。

買回家來又不敢給蓮兒，就給了我表姨。我囑咐她千萬別跟蓮兒說是我買的，就說是您自己個兒買的，為的是讓她消消氣，為的是讓她高興。就放在她那個梳妝盒旁邊就成。太太就誇我懂事，太太說，老三吶，這事情你也別往心裡去。婚姻大事得倆人都順心如意不是？強擰的瓜不甜，趕明兒個表姨再給你說一個。話是這麼說，這個瓜不甜，我一個瘸子上哪兒找甜的去？第二天，我就在葫蘆架底下看見蓮兒了，看見她頭上戴著那個蝴蝶簪子，又鮮亮，又好看。我就說，小姐這個蝴蝶簪子真好看，哪兒買的。蓮兒說，我媽給買的。我心裡兒就笑。那幾天，我幹活別提多痛快了。只要蓮兒高興，我咋兒著都行。

沒想到，沒過多少日子。陳爺就把百成給領回家來了。就是頭一回教堂門口鬧事，打死張執事那回。咱們這一片連著鬧了兩三年的旱災，武清縣那邊更厲害，鬧得連草根樹皮都沒得吃，鬧得人吃開人啦。陳爺是從叫花子堆兒裡把百成撿回來的，百成餓得像個鬼，頭一頓飯他吃了七碗炸醬麵。百成全家人都餓死了。陳爺不光救了百成，也救了常七彩的獨門手藝。誰成想，自打百成進了門，蓮兒就高興起來了。見天兒跟百成就伴兒，聽百成說他是怎麼逃出命來的，看百成怎麼使喚硬戳筆打畫底，怎麼慢慢兒把美人圖一張一張畫出來。有一回，還讓我撞見在印房裡兒，倆人摟在一塊堆兒了。嬤嬤，您說說，您說句公平話，我在旁邊看著心裡兒是啥滋味兒呀？我難受啊我，我真是百爪兒撓心呀我！天冷了，我給人家端炭火盆兒。天熱了，我給人家端洗臉水。餓了我給做飯，渴了我給沏茶。老爺和太太商量好了，就把蓮兒許給百成，人家兩家是真表親，這麼一聯親，就是親上加親。商量這事兒的時候，我看見蓮兒在界彼兒屋裡聽，聽得高興的一個勁兒的掉眼淚兒。哭得像是雨水淋了花骨朵，別提有高興，別提有多叫人心疼了。我就在旁邊眼瞅著自己的花兒叫別人摘走啦，自己心裡兒的肉叫別人一嘴叼了去。您說說，我心裡兒得有多麼難受吧！難受歸難受，難受也得忍著。你一個瘸子，一個打長工的，癩蛤蟆想吃天鵝肉呀，你不是做夢嗎你？不做夢就不做夢吧，可鬧騰得我見天兒黑夜睡不著，翻來覆去的睡不著。我就拿刀在胳膊上劃了一道血口子，好讓自己個兒長長記性：記住了你這一輩子都是個下賤坯子，天生叫人作踐的命，你就不配享福！

就這工夫，義和團鬧到東河縣來了。說是練了神功能刀槍不入。我就跪了壇，起了誓，也跟著鬧起來。又後來說是朝廷下聖旨，讓義和團『扶清滅洋』，殺盡天下洋毛子，二毛子，讓燒教堂，把傳教的、信教的全都給殺光，連二毛子、三毛子，凡是使喚洋玩意兒的都是有罪的、該殺的。那天二師兄，燒了符，念了咒，神靈附體。帶領我們一幫人橫衝直撞上了街，打了一家又一家，砸了一起兒又一起兒。轉眼就到了我們家，就到了菜園子後門。我就想起我的苦，我就想起我的恨，我就想起自己個兒一宿一宿睡不著，一宿一宿的心裡兒活受罪。熱血上頭，我就一腳踹開了門，帶人闖進菜園子，正好又看見蓮兒跟百成在一塊兒，正好又看見蓮兒頭上插著那只蝴蝶簪子。我就喊起來了，瞧瞧這些個洋玩意兒！瞧瞧這個二毛子！大家伙就全都衝上來了，衝上來就誰也擋不住了。先是打，是砸。接著，就有人上去把蓮兒的衣裳給扒下來了，看見蓮兒的光身子，一群男人全都變成瘋狗了。百成拚了命的擋，那哪兒擋得住呀。就把蓮兒活活給禍害了，我也上去了，我是最後一個上去的。我上去的時候，蓮兒已經滿身是傷不省人事了，不睜眼，不喘氣，也不吭聲。我真想喊出來，蓮兒你知道不，你那個蝴蝶兒簪子是他媽我給你買的……我知道自己是個畜生，可那一會兒我就想當個畜生。再後來，百成就爬起來，給蓮兒穿好衣裳，把蓮兒洗乾淨。一身是傷的百成，就哭，就喊，就抱著蓮兒跳了井了……

打那兒往後我就不回家了。見天兒跟著大師兄、二師兄，東闖西鬧，又是打又是燒。一直到那天打教堂，我著洋槍打了，眼一黑，就啥也不知道了。等我醒過來，才看出來自己個兒在教堂裡兒。我就打定主意瞞住自己，我就說自己是打武清縣過來的，我就說我叫二福子……是你們把我從死人堆裡扒出來的，是你們救了我的。你們要是不救我，我現在早就變成黃土堆了。當初，你們要是不救我，就沒有後邊兒的這些個事情了……嬤嬤，你說張馬丁執事是死了三天以後復活的。那我挨了兩個槍子兒還不死，這算不算復活呀……我一心一意重新做人，一心一意想當我的二福子，我還以為後半輩子都活成個二福子，就能重新做人呢。現在才知道，重新做人是個夢，是個比癩蛤蟆想吃天鵝肉還不搭調的夢。我就是老三，就是那個糟蹋了蓮兒，就是那個親手殺了蓮兒和百成的老三。嬤嬤，我想說的就是這麼多了，後邊事情您都知道，不用我再說。

嬤嬤，我熬了多少日子想，現在，我想清楚了。說不說我都是個畜生，說不說我都不配活著。我要是還活著，這世上就沒有天理了。不用等天主審判我……我不配讓天主審判，我不配讓您再看見我。讓您再看見我，就是糟踐活菩薩……讓您再看見我，比讓我下地獄還難受。在這世上我沒有看見過比您再善心的人了，難怪您就叫瑪麗亞……騙了瑪麗亞的人就該下地獄。就該死！

嬤嬤，我也不知道您聽見沒有……現在，您聽見、聽不見都不要緊了，我當著眾人的面全都說了，讓他們告訴你吧，我王老三就是個惡魔，我不用等著天主審判，也不用再麻煩天主了，我現在就下地獄！現在就一命換一命！」

屋子裡的修女們被驚嚇得目瞪口呆，大家誰沒有想到二福子原來不是二福子，二福子原來是一個這麼可怕的人。

突然間，修女們聽見牆壁上猛然發出一聲重重的悶響。跑出去的修女慘叫一聲，隨即被眼前的情景嚇得昏死過去。只見，腦漿迸濺、鮮血塗地的二福子直挺挺地躺在石頭牆角的下邊。

很快，下村的墳地裡又多了一座新墳，墳前的木牌上寫著：河東大王庄人王老三。

三

儘管每天都有瑪麗亞嬤嬤傳來的消息，馬修神父緊揪著的心卻一直放不下來。上村、下村半村相隔，如今卻遙遠得如隔天涯。可最讓他擔心害怕的事情終於還是發生了。

跟著滿面流淚的修女跑到下村，來到那間村舍的時候，瑪麗亞嬤嬤已經又一次地昏迷了。即便是在昏迷中，她的身體還在不停地痙攣抽搐。馬修醫生立刻給她注射了乙醚。當他用自己的手帕，為瑪麗亞嬤嬤擦拭滿臉的冷汗時，眼淚情不自禁地流下來，他轉身跑到屋子外邊拚命壓抑著自己的聲音，掩面而哭……就在這時他聽到屋子裡的人喊叫起來：

「馬修神父你快來……嬤嬤醒過來了！」

馬修跑回去對著瑪麗亞彎下身子，捧起她的手來，「為什麼到這種時候，你還要堅持為病人做臨終的敷禮……我不是說過了嘛，照顧病人時要盡量減少身體的直接接觸……」

瑪麗亞嬤嬤勉強地露出一點笑容，「神父……你現在不是正在握著我的手嗎？我現在感覺好多了……一個馬上就要面臨死亡的人，也是一個最需要主的安慰的人。醫生，你的職責是治病救人，我的職責是讓死者的靈魂平靜安詳，那是一個人在人世間最後的一點安慰了，換了是你也會像我一樣的，就像你現在正握著我的手……」

馬修醫生馬上又取出一點藥劑鴉片，送到瑪麗亞嬤嬤嘴邊，

「嬤嬤，先把這個喝下去，它會讓你好受一些的。」

瑪麗亞嬤嬤推開馬修醫生的手，「不用了醫生……我已經不再需要了，就把它們留給更需要的人吧……」

眼淚再一次奪眶而出，馬修終於忍不住哭得像一個孩子，「……嬤嬤……我求求你吃下去吧，我這個醫生現在最後能給你的也就是這幾粒藥丸了，它會讓你舒服一點的……我真是這個世界上最沒有用的醫生……我竟然連我最愛的人也保護不了……嬤嬤，這是我做為醫生的最後請求，就算是為了我吃下去吧。」

瑪麗亞嬤嬤終於忍不住馬修醫生的苦苦勸告，吃下藥丸。也許真的是乙醚和鴉片藥丸起了作用，瑪麗亞嬤嬤緩解了痙攣，原來慘白的臉上竟然露出一點血色。她忽然微笑起來，「醫生，用了你的辦法，現在下村的瘟疫果然明顯地好轉了，已經很少再有新感染的病人了……我感染是因為我接觸了太多的病人……你真的不用再擔心我，我現在很愉快……因為這是上帝在召喚我……我很快就會看到喬萬尼和洛尼亞了……」

馬修醫生心如刀割，實在不忍心把教堂被毀，喬萬尼的屍骨已經被扔進了天母河的事情告訴瑪麗亞嬤嬤。與其讓她知道真相，不如讓她抱著最後的一點希望離開這個不能容忍天堂的世界。馬修醫生本想打斷談話，讓瑪麗亞嬤嬤好好安靜下來休息。可轉念一想，這是她此生最後一點時間了，就讓她享受人生最後一刻的幸福吧，就讓她說吧……於是，他又輕輕握住了那雙微微顫抖的手。

瑪麗亞嬤嬤念念不忘的還是她最愛的人：

「神父，這讓我想起來喬萬尼的生日。」

「喬萬尼不是從孤兒院來到修道院的嗎？誰會真正知道他的生日？」

「神父，那還是在喬萬尼的傷康復之後，萊高維諾主教帶著他去看了自己的墳墓和墓碑，面對張馬丁執事的墳墓，主教講出了他的計畫，他希望喬萬尼躲開眼前越來越危險的局勢，先回到羅馬，等動亂過去之後再返回天母河，主教想要為天母河教區留下未來的種子，他希望由喬萬尼繼承他自己，希望喬萬尼最終來擔任天母河教區的主教。可是，喬萬尼沒有答應。你還記得吧？主教大人一直要求負傷後的喬萬尼留起了鬍鬚。萊高維諾主教告訴喬萬尼，張馬丁執事已經死了，已經被埋進了墳墓，可是天主揀選的喬萬尼．馬丁神父復活了。喬萬尼臉上的鬍鬚能掩蓋一切，天母河的人是無法辨別這一切的。而這一切都是主的意願。異教徒們不會理解什麼叫主的意志。

可萊高維諾主教沒有想到，喬萬尼不想這樣做，更不想把這個違背戒律的偽證看做是主的意願。反覆思考之後，他做了一件事情，就是毅然刮去了臉上的鬍鬚。那一天，正好是洛尼亞的生日，我特意做了義大利麵條去病房找他，當時看見他刮去了鬍子，我並沒由意識到他正在想要做的事情，只是愉快地看見他那麼高興地吃下麵條。喬萬尼告訴我說太巧了，今天也是他的生日，我們正好一起來慶祝。

當時我真是又麻木又糊塗，事後我才想起來，他刮去鬍子露出自己的臉，是為了向人們露出真相。他把那一天當作了自己的生日。喬萬尼是把自己對天主的獻祭當作了自己的重生。」

馬修神父百感交集，「對，是的。我也想起來了，喬萬尼忽然刮乾淨了臉上的鬍子。如果他聽從萊高維諾主教，一切將會是多麼不同啊！可他寧願為了主的獻祭而重生。」

「是的神父，如果耶穌不走向各各他，我們將永遠留在世俗罪惡的黑暗當中。」

「嬤嬤，我現在才覺得我們離喬萬尼真的是太遠了……」

「神父，所以我才一意孤行追隨喬萬尼來到天石村，做本該由喬萬尼所做的一切。」

馬修神父遲疑了片刻，可還是說了出來，「嬤嬤，人們也許不需要地上天國，就像他們不需要真相一樣。也還是可以心安理得的活下去。」

「神父，災難是上帝給我們的提醒。是他在告訴我們，沒有人可以心安理得的活著。」

不等回答，瑪麗亞嬤嬤平靜地提起了自己的後事，「神父……我有一個最後的請求，希望你能答應我。」

「嬤嬤，我答應。」

「我希望死後最好火葬，不要把瘟疫的種子留下來。但是，我想請你們把我放在十字型的木柴堆上，我希望自己能在十字架上變成灰燼，走向天國。請把我的骨灰撒進天母河，讓我永遠留在喬萬尼的身邊……我想請你來為我做最後的安魂彌撒……神父，你能答應我嗎？」

「嬤嬤，你放心吧，我答應。」

瑪麗亞嬤嬤強打精神又囑咐，「神父……王老三雖然罪惡深重，可他畢竟真心向主懺悔了，他畢竟是想用自己的血來洗清自己的罪惡……他原本是一心想重新做人的……沒想到他會這樣違背主的戒律。我在想，也許在他的墳前插一個十字架，可以給他一點最後的安慰……這個世界上總是會有走投無路的人啊……」

馬修神父再次點點頭，「嬤嬤……我會這樣做的。這個世界上有太多不可饒恕的人，也有太多不可饒恕的罪惡，那不是由我們的意志能決定的……嬤嬤，你不用再對這個世界費心了。」

眼淚再一次忍不住流下來。

馬修神父開始把橄欖油輕輕地敷在瑪麗亞嬤嬤的額頭上，發出了祈禱，「……至善的耶穌，我如今只能依靠你為我受苦受難的功勞，求你不要為我在十字架上白受痛苦，白流你的寶血，求你垂憐我吧！如同你曾經寬恕了右盜一樣，今天也寬恕我吧。……慈祥的聖母和諸位天使聖人，請為我轉求天主，使我真心痛悔，並完全棄絕世物，專心愛慕天主……」

禱告聲中，瑪麗亞嬤嬤平靜地昏迷了。呼吸和心跳漸漸停止。

馬修神父淚流滿面地抬起頭來宣布，「讓我們遵照瑪麗亞嬤嬤的願望，為她搭起火葬的木柴吧，就搭在河邊的沙灘上，那樣她就可以離喬萬尼更近一點。」

傍晚時分，火葬用的柴架搭好了，就搭在天母河邊的河灘上。瑪麗亞嬤嬤平靜地躺在十字形的柴架上。

從下午起聖母堂就為瑪麗亞嬤嬤敲起了喪鐘。悲傷的鐘聲在天母河兩岸遠遠地傳播開來。對岸的人們也聽到了鐘聲，紛紛趕到岸邊，遠遠望著天石村村邊的河灘。因為馬修神父的隔離禁令，天石村上村的村民們不能親往現場，他們紛紛登上天石，站在高高的天石上悲傷地注視著不遠處的河灘。他們依稀可以看見躺在十字上的瑪麗亞嬤嬤。修女們為她的身體覆蓋了一層雪白的布單。

暮色深沉，暗夜逼近。

終於，人們在暗夜來臨的黑暗中看見有火焰在河灘上升起。轉眼間，紅色的火焰在河灘上燒出一個巨大的十字。哭泣聲，禱告聲，在人群裡散播開來，在馬修神父的帶領下，人們紛紛對著那個火焰的十字架跪下來。就像瑪麗亞嬤嬤希望的那樣，她是在十字架的火焰中升入天堂的。

忽然間，聚集在天石上的村民們看到對岸的河邊，也出現了一個火焰的十字架，那是對岸的人們用自己手中的火把也組成一個燃燒的十字架。兩個火紅的十字映照在平靜的天母河上，在永恆的河面上莊嚴對望，粼粼閃光。

兩岸的人們跪下來對著燃燒的十字架祈禱：

哈利路亞……

以瑪內利……

慈祥的聖母瑪利亞願你永駐天堂……

慈祥的聖母瑪利亞願你永遠在暗夜中照耀我們的心……

河灘上的火光終於還是熄滅了。整個世界又沉進無邊無際的黑暗中。站在天石上的馬修神父久久不願離去，身邊的人群已經漸漸散盡。馬修神父依然像一座雕塑一樣，獨自一人站立在漆黑的夜幕中。

就在瑪麗亞嬷嬷的火葬之後，一個奇蹟發生了。霍亂瘟疫突然消失了。災難停止了，不再死人了，也不再有新的人染病了。天石村下村的村民們開始慢慢回到自己殘破凋零的家園。

四

迎兒騎著洋車，車把前面綁了一個大筐，筐裡放了一把鐮刀，一卷黃紙，洋車後座上坐著招兒。沒走多遠，招兒就喊開了：

「姊！姊！你瞅瞅，羔兒追過來了！」

迎兒捏緊車閘煞住車，扭回頭來：在滿是行人的街道上果然看見羔兒了。羔兒在人群裡左躲右閃，跑得氣喘吁吁滿臉通紅。跑到跟前就喊：

「迎兒姊，你就是偏心眼兒！憑啥你帶招兒去，就不帶我去？」

招兒用手一指大筐子，「我們上牆子河邊兒給白悶兒割草去，幹嘛非帶上你呀？再說，這車只有一個後座，就能坐一個人呀！」

羔兒不服氣，「說瞎話，上哪割青草去呀？」

招兒也不服氣，「上牆子溝邊兒割草去呀，沒有草你叫白悶兒挨餓呀？」

三個人正爭吵著，忽然看見二明騎著洋車飛奔而至。二明捏閘還沒停下車，就叫喊開了，「小姑奶奶們，膽子也忒大了吧？幾個閨女家，青天白日的在大街上這是瞎闖蕩啥呀？不怕碰上拍老花子把人騙走呀？叫人給騙走嘍，這麼大的天津衛上哪兒找你們去呀？回、回、回，趕緊著，都給我回家裡兒老實待著去！」

迎兒只好低下頭說了實話，「二明哥，明天就是清明節了，我想帶著招兒給我爹點香燒紙去。」

一聽這話，二明愣住了，「噢——原來是為這事情。那你們早說呀，早說了我就跟你們一塊堆兒去啦。」

羔兒急了，「我爹和我柱兒哥是一塊堆兒死的，過清明節，我也要點香燒紙去！再說了迎兒他爹也是我大伯，反正我也得去！」

二明索性答應了，「這話也有理，迎兒她爹我也得叫大伯，咱們五得堂老張家的人全都沾親帶故的。行，咱就一塊堆兒去！我的車正好也能帶上羔兒。」

等羔兒上了後座，二明問，「去哪兒燒紙點香啊？」

迎兒有點為難，「二明哥，我也不知道到底兒去哪兒好。這天津衛又沒有咱老家的墳地。原來我們就打算要走遠點，反正現在城牆也都拆了，就到牆子河邊上，找個人少的地方。」

羔兒突然插話：「二明哥，好好的城牆咋兒就都給拆了呢？」

二明扭過頭去，「沒聽掌櫃的說呀，這是都統衙門的洋大人下的令讓拆的，天津衛現在歸人家洋人管，就得聽人家都統衙門的令，天津衛的城牆全都得拆。」

羔兒又追問：「好好的城牆全都拆了幹啥呢？」

「嫌打仗礙事。」

「嫌誰打仗礙事了？」

二明急了，「你說你這孩子，話咋兒就這麼多呢？你問我，我問誰去？洋人下的令那就是洋人嫌礙事唄。我們這兒正商量正事呢，正商量上哪兒給大伯、給你爹燒紙呢！你歇歇嘴兒行不？」

羔兒不生氣，接著出主意，「就上城隍廟吧，城隍廟離這兒近。」

二明不同意，「那不行。哪地方的城隍爺管哪地方的事。天津衛的城隍爺䄂管不著咱天石村的人。要我說，咱們不去觀音廟，就去佛祖廟。掌櫃的說觀音菩薩和佛祖管得寬，普渡天下眾生。」

迎兒搖搖頭，「不行。我現在是基督徒，我在學校教堂受洗了。牧師說基督徒除了上帝和十字架，別的都不能拜。」

二明很不滿意，「迎兒，你就不想想，你爹是怎麼死的？你爹就是叫洋主教捏了個假案子給害死的，你爹是為保住娘娘廟才叫官府給砍了頭的。咱們總不能跑到他們那十字架底下祭奠你爹去吧？你爹要是知道了還不得氣死？」

這一問可難住了迎兒。迎兒半天說不出話來。

四個人，兩輛車，一時間僵在了大街上。看著滿大街川流不息的車輛，來來往往的人群，這四個人一時間竟然不知何去何從。眼看著眼淚快要從迎兒的眼眶裡憋出來了，二明趕緊出主意：

「要不咱們這麼辦吧。今兒個晚末晌，吃完飯，等街上沒人的工夫，也不用騎車，就到咱們袖兒胡同跟米糧胡同的十字口上，給大伯、小叔、柱兒他們燒點紙錢，再磕個頭。照老規矩，每年個清明節上墳、七月十五鬼節、十月初一送寒衣，還有親人的忌日，出門在外的、住在城裡沒法上墳地的，都在十字路口燒紙，都是這麼辦。天津衛的人也全都這麼辦。」

迎兒點點頭。迎兒心裡明白，現在也只能這麼辦了。天津衛離天石村太遠了，坐馬車也得走好幾天呢。天津衛不像老家，抬頭看見太行山，低頭看見天母河。在天津衛這大碼頭上，房子挨著房子，街連著街。滿大街的人來人往，可誰也不認識誰。

沒有街燈，袖兒胡同和米糧胡同的十字口上漆黑一片。

黑暗中，點燃的紙錢像一堆篝火，照亮了三個女孩和一個稚氣未脫的年輕人。火光中他們一起跪下來，對著升騰的火焰磕頭跪拜。

火光照亮了迎兒臉上的淚水，迎兒對著燃燒的火焰哭了：

「爹，你走以後，我娘也順著河漂走了。我小叔和柱兒也走了。家裡就剩下我和招兒，跟著小孀兒、羔兒、花兒還有白悶兒。爹，我五太爺說為了躲開官府的滅門之災，現在全村老張家的人都入教了。小孀兒不想入教，我們就一塊堆兒跟著五太爺到天津來了，就住在五太爺的四海客棧後院裡。我現在上學了，學校就在紫竹林，離家不遠。爹，我因為上的是基督教會辦的學校，也得入教。我小爺說，要上學就上洋學堂，能學真本事。小爺不叫請私塾先生，不叫念三字經、弟子規。我們這兒有五太爺、小爺管著呢，二叔也來看過我們。小孀兒說我娘臨走前兒說，她要去一個不熬心，不殺人，清清靜靜的好地方……小孀兒說，我們現在住的這個地方就是誰也不認識我們，我們也不認識誰，就是個清清靜靜的好地方。二伯和小爺說，等趕明兒個，孩子們長大了，不論男女都得上學。爹，我們都挺好的……您就放心吧。爹，您這會兒見著我小叔和柱兒了吧？你們也住一塊堆兒吧？也不知道你們現在待的那個地方好不好，人不多吧？不熬心吧？也是個清清靜靜的好地方吧……」

招兒哭了。羔兒哭了。二明也哭了。

五

太行山的春天還是寒氣逼人。張天保帶領一夥弟兄，裹著大皮襖，戴了皮帽子，埋伏在山溝兩側的樹林裡。山溝底下，一道閃光發亮的鐵路遠遠地伸過來，從牛頭寨的溝口開始上坡，只要翻過牛頭嶺就下了太行山，山下就是一馬平川。

上坡的鐵路上已經有人堆好了樹樁子，石頭堆。猛一看，周圍一個人影也沒有。弟兄們有點疑惑，「張統領，你弄準了沒呀？咋兒就沒個人影兒呢？」

張天保笑笑，「你傻呀？沒看見鐵道上那堆東西？那都是誰弄的呀？不來劫道，大冷天兒的誰受這個累，在鐵道上堆這些個東西啊？人家跟咱們一樣，也裹著皮襖藏在樹林子裡兒等火車呢。」說到這兒張天保跩了一句「文」，「這叫螳螂捕蟬黃雀在後。」

弟兄們就起鬨，「著呀，張大統領跩開戲文了！這誰能聽得懂呀！」

張天保伸手示意大家小點聲，「別急，你們就等著好瞧的吧，待會兒就明白了。記住了，待會兒車過來，有人劫車的時候，都先別動手，等著我的槍響你們再開槍，都給我瞄準著點兒，叫他們嚐嚐聶家軍的厲害！」

有人笑起來，「還別說，這輩子還真他媽沒見過啥叫火車！今兒個好。又能見著火車，又要跟劫車的人幹一仗。兩齣好戲湊到一塊堆兒看了！開眼！」

說話間，遠處傳來一陣汽笛的吼叫聲，山谷裡一片震盪。弟兄們紛紛舉起了手裡的哈乞開斯步槍。張天保又重複了一遍：

「都先別動，聽我的命令！」

和張壽山說的一模一樣：看見鐵軌上的樹樁和石頭堆，火車遠遠地停在鐵道上，巨大的車身下邊噴出的白氣，眨眼就把車身籠罩在一片雲霧當中。

有人驚嘆起來，「好我的祖宗！這麼長的大鐵龍還會騰雲駕霧！太上老君的座騎也沒有這玩意兒厲害不是！這大鐵傢伙誰敢劫呀，不是找死嘛不是！」

正說著，果然看見有人從鐵路兩邊的樹林子裡跑出來，手裡都還舉著槍，嗚哩哇啦地叫個不停。火車頭的駕駛艙裡有人探出頭來。

弟兄們正等著看後邊的好戲呢，呯——，張天保的曼利夏步槍打響了，隨著槍聲，領頭劫車走在最前邊的那個人倒下了。弟兄們跟著就是一陣槍聲。火車頭前邊倒下四五具屍體。倖存下的一兩個掉頭就跑，慌不擇路地往牛頭寨方向的樹林子裡狂奔。

張天保急忙命令：「停止射擊！留倆活口回去給牛魔王報個信兒吧！」稍等片刻，看看沒有了什麼動靜，又命令，「都下去吧，螳螂死的死了，跑的跑了，該咱們黃雀下去看看啦！」

弟兄們一陣開懷大笑。

等走到火車頭旁邊的時候，張天保看見張壽山領著幾個挎槍的人從最後面那截押運車廂裡走下來。其中還有一個金髮碧眼的洋人。張天保心想，這應該就是那位約瑟夫先生吧？果然，張壽山從人群裡走出來，指著張天保對那個洋人嗚哩哇啦說了一氣。那個洋人轉過臉來對著自己嗚哩哇啦說了一氣。

張天保一臉無奈，「小叔，你們倆跟這兒好好聊吧，我一句也聽不懂。我帶弟兄們清清道去吧！」

張壽山拉住他，「天保，別走呀你。約瑟夫先生說了，他親眼看見你真的很厲害，你的士兵們也很勇敢能幹！他希望雙方以後能很好的合作！」

張天保對著張壽山會意地笑了，「對對，好好合作。今天個這不就是為了好好合作，才打這一仗的嘛！江湖上管這叫投名狀——你不真刀真槍的幹點啥，人家憑啥就信你呀？你說是不是約瑟夫先生？」

張壽山把他的話翻譯過去，約瑟夫先生一陣哈哈大笑。

嶄新的毛瑟步槍發了，手槍也發了。警服也換上了：警官是警官的，衛兵是衛兵的，皮靴子一蹬，穿出來就是神氣多了。還有個專門操練的操場，操場上還立著單槓、雙槓，放著啞鈴、槓鈴。營房是新蓋的，還是裝了暖氣的。弟兄們對這些個不用燒火就暖屋子的鐵管子，無比新奇。鋪的、蓋的、床全都一水新。還有個警衛隊的專用食堂。真比當年在武衛前軍的時候裝備還要好。約瑟夫先生還專門給派來一位英國來的洋教官，叫威廉上尉。威廉上尉還有個翻譯官叫葉景澄。軍餉當月就發了，衛兵每月兩塊大洋，班長四塊，排長十塊，隊長五十塊。除此而外，還有規定：凡抓住偷盜人和作戰勇敢者還會有另外的獎金。領了軍餉的弟兄們各個眉開眼笑，「這可比在山上強多了去啦！」

張天保拿著五十塊大洋也開心：「行，這下，迎兒、招兒、弟妹一家子，就不用犯愁花銷了。不能住在五爺家裡兒，還得叫人家白白養活著。我這個二伯不是白當的。」

每天帶槍押車去天津，再跟車回礦上。卡特林機關砲在押運車廂的車頂上一架，汽笛一吼，十幾里外都聽得見。這倒成了東陘煤礦專用鐵路上的一景。鐵路兩邊的村民們帶著驚奇和恐懼的眼光，目送這條鋼鐵巨龍驚天動地地從太行山上駛過。

在威廉教官的調教下，衛兵們的操步走得越來越整齊了，各項警規遵守得越來越嚴格有序了。早上起床見了面要說「骨朵貓擰」（Good moing），見了長官要立正敬禮要說「哈樓四兒」（Hello Sir），聽長官發了令要說「爺四兒」（Yes Sir），無論長官說了什麼都得說「哈四兒」（Hi sir）。衛兵們不可以和長官在一起吃飯。中國人不可以和洋人在一起吃飯。警官的休息室，衛兵們未經允許不得進入……張天保看出來了，「說了歸齊，三六九等，就是他媽一大堆的規矩。」

日子過得就像走操步，每天跟每天一模一樣，每步跟每步一模一樣。漸漸地，張天保的心裡總覺得說不出來的憋悶：不由得想起當初那個雷雨交加、閃電裂空的黑夜，瓢潑的大雨中自己騎上戰馬，舉起馬燈，照亮了大家的眼睛，大聲吼一聲，咱們就當他娘一回亂世英雄！

現在哪還有什麼亂世英雄？現在自己就像是一隻關在籠子裡的鷹，翅膀再硬，心勁兒再高，也沒你飛起來的地方。見天兒「四兒」來「四兒」去的，就像個木頭橛子。

可這麼想的時候，張天保自己又嘲笑自己，你當初在山上的時候，見天兒想著什麼時候能有自己的山頭。現在好不容易有了自己的山頭了，又嫌憋屈——你可真是高老庄的大小姐，難伺候呀！壽山叔說，謀大事者，不爭一時一事之勝敗。謀大事……壽山叔說的大事是個什麼大事呢？壽山叔說的大事跟我想的大事，它是一回事嗎？

別的不說，養家活口的事也不算是小事呀。大哥死了，三弟死了，柱兒也死了……全家死的就剩下我這麼一個大男人，不指靠我，指靠誰去呀？我得把這個家撐起來，得把孩子們養大，得把花兒養大成人，我們哥兒仨就剩下這麼一棵獨苗，就剩下這麼一個姓張的後輩了……這棵獨苗，我不護著誰給護著呀？……說到底兒，人這一輩子，為自己個兒活著的時候沒幾天，人這一輩子都是為別人活著呢，想活，不想活，你都得活著。不憋屈，你得活著。憋屈，你也得活著。

張天保呀張天保，生生死死你見過多少回啦？鬍子都快一大把了，你可還憋屈啥呀你？那些個成片成堆死了的人可找誰憋屈去呀？你可真是享福享成個老娘兒們啦，你真長本事了，一個月拿著五十塊現大洋的軍餉，你還學會憋屈了你！

這麼想著，張天保不由得浮起滿臉的自嘲。

六

一邊走著，陳五六還是不死心，又勸：

「孫大人，咱們這東繞西繞的也走了好幾個天主堂了，都從麥子抽穗走到麥穗發黃了。依我看天石村咱們還是不去的好。一個路遠繞道，還得過河。再說它那個聖母堂是後來才修的，跟您這案子它不是扯不上嘛！前一向天石村還鬧過霍亂，死了小半村子的人。咱們上那兒幹什麼去呀？回頭再招上瘟疫，那可就麻煩大了。多一事不如少一事，您說是不是呀？」

孫孚宸不為所動，「陳捕頭，你說天石鎮天主堂教案由誰而起的呢？」

「這還用問。還不是因為高主教揑出個假死人的案子，說是張執事叫人給打死了，他借刀殺人，引起民憤。這才有後邊拳匪攻打教堂的事情。」

「高主教借刀殺了誰呢？」

「張天賜呀。」

「張天賜是哪個村的人呢？」

「天石村的呀……」

孫孚宸搖搖頭，「高主教借刀殺人，借的那把刀就是我呀。是我這個東河知縣親自判案，又親自帶兵到天石村監斬，在村東碼頭上斬殺了張天賜的。血案就此而起。我豈能避開天石村？」

陳五六也搖搖頭，「孫大人，我擔心的就是這個。您想想，假案子是高主教揑出來的，人是您給殺的。到這會兒您可不是當初的縣太爺了，您這一身枷鎖，獨身一人，非要去天石村。您就不想想，天石村的人還不得吃了您哪！您這一去，可不是自找苦吃，您這可是奔著死去的呀！」

「事已至此，我也只能視死如歸。」

陳五六快要急出眼淚來了：「哎呦，我的爺。話兒說的怪好聽，您要真死了，歸哪兒去啊？再說啦，您要是死在半道兒上，我這份奉旨的公差可怎麼交代呀？我就跟人家刑部衙門說案犯死在半道兒了，我一個人兒上您這兒報到歸案來了。那人家還不得立馬砍了我的腦袋呀？您倒是『如歸』了。可我現在不能死啊，蓮兒和百成的仇人我還沒找著呢。這件事兒不辦完我是壓根兒就不敢死，老伴兒還跟家裡兒等著我的信兒呢！孫大人，您別介，就算我求您啦，您就算為了我，咱們不去天石村行不？」

孫孚宸寬慰道，「陳捕頭，你不用這麼心急。天石村的瘟疫已經過去了。天石村如今早已經是全村入教，而且是在娘娘廟的天石上修建了聖母堂。這可真是天大的奇聞。雖說張氏全族入教，是為了躲避滅族之災。可當初的血海深仇，怎麼就能忽然間煙消雲散了呢？我心裡還有一問，當初那個復活的張執事親口對我說，他要到天石村去，親口把他沒有死的真情告訴張天賜的家人，告訴天石村全村人。那他到底去了沒有呢？如今到底又人在何處呢？我孫孚宸為此而獲罪，你也為我想想，我何曾不想知道最後的真相？正所謂死也要死個明白。我孫某人削職為民、褫奪功名，奉旨戴枷跪叩於堂前，也要跪叩得明白，方能於心有安呀。」

豔陽高照。敞亮的河風撲面而來。陽光下的河面上波光粼粼。河對岸的太行山壁立千仞，河中間的天石村歷歷在目：天石上廟宇高聳，天石下民居錯落，田疇依稀。遠遠望去，彷彿是漂浮在河面上的一條大船。

忽然，從天石前的鐘樓上傳過來悠揚悅耳的鐘聲。

孫孚宸由衷地感嘆：「陳捕頭，我們不用再爭了。你聽這鐘磬之聲隔河召喚，我們還是上路吧。你看看，碼頭就在眼前了。」

坐上擺渡船，當初押解張天賜回到天石村行刑的場面，不由得浮現在眼前：張天賜是個剛烈的漢子，他毫不猶豫地選擇了捨命保廟。儘管繩索綁身，張天賜還是掙扎著跪下來，朝娘娘廟連叩三頭。口中大喊：「女媧娘娘在上，天石村迎神會首張天賜給您磕頭！這輩子我這是最後一回給您磕頭啦！姓高的洋人說，留頭不留廟，留廟不留頭。我是迎神會首，我不捨命誰捨命呀？能保住娘娘廟我就知足了，萬請娘娘日後多多保佑我們天石村吧！」張天賜喊得青筋暴突滿臉紫紅，「姓高的，姓孫的，你們記著，聖母娘娘饒不了你們，天母河的百姓饒不了你們！有你們血流成河的那一天……」

押解的兵卒們一次又一次地把他提起來，張天賜一次又一次地跪下去，猛烈地拉扯中，張天賜的頭像一只巨大的鼓錘，砸得船板咚咚作響，砸得船上的人心驚肉跳。

那一天，也是個大晴天。深秋的天氣已經有了幾分凜冽。湛藍的天空下邊，河水清澈見底。天母河靜靜地流淌著，無動於衷地把船上的人間悲劇送到對岸，送到天石村。

孫孚宸的到來還是在天石村引起一陣騷動。他們正好和午禱彌撒散場後的人群相遇了。人們先是驚訝：村裡怎麼會來了這麼一個身負枷鎖的犯人。接著眼尖的人認出來，這個枷板鎖身的犯人不正是縣太爺孫大人嘛！人群裡有人叫起來：

「著啊，快瞅瞅吧！這不就是那個來過咱村，在東碼頭上殺了天賜的孫知縣孫大人嘛！」

「錯不了，就是他！就是他！燒成灰也認得出他來！」

「孫大人，你也有今天哪？老天爺有眼哪，殺人償命吧你！」

眼看著人群越圍越緊，人們臉上激憤的表情越來越清楚。陳捕頭急忙舉起了手中的哨棒：

「各位老少爺們，各位老少爺們，您聽我說。我們這是奉旨的公差，是來給各村天主堂跪叩謝罪的。您有話好好說，別耽誤了我們的公差。各位老少爺們，先消消氣，借個光，借個光……」

天石的台階上站滿了人，台階下邊的空地上也站滿了人，孫孚宸眼看寸步難行，索性不再向前，隨著鐵鐐的嘩啦一聲響，孫孚宸當眾跪在了石頭地上，膝蓋上一陣疼的鑽心。人群裡頓時發出驚嘆聲。畢竟沒有誰看見過縣太爺給老百姓當街下跪的，人們不由自主地倒退了幾步。村民們都被這個亂髮遮面，枷鎖負身的縣太爺嚇住了。

孫孚宸再一次三叩三拜。再一次長跪不起。

全場一陣鴉雀無聲。

陳五六一面上前扶起孫孚宸，一面對人群發問：「老少爺們，你們這聖母堂管事的神父在不在呀？我還得找他畫押認證，日後好給刑部交差吶。」

說話間，馬修神父撥開人群走出來：「我就是天石村聖母堂的本堂神父，我叫馬修。」

陳五六緊忙作揖：「馬修神父，多有打擾。我們的這件差事還得有您畫押認證，您老受累了，受累了。」

說著從懷裡拿出一本冊子來，舉到馬修神父面前。馬修神父取出自來水筆，等到簽字完畢，看到馬修神父還回冊子。孫孚宸在枷板下邊抱拳拱手道：

「馬修神父，恕我冒昧，您就是當初天石鎮天主堂的馬修醫生吧？我和高主教為張馬丁執事查驗屍身的那天，也同時在場的馬修醫生就是您吧？」

馬修神父點點頭：「就是我。」

「我再問一句，張馬丁執事死後三天又復活了確有其事嗎？」

「是的。張馬丁執事確實死後復活了。」

「數月之後張馬丁執事來到縣衙，告訴我，他當初因為腿傷骨折，不能行走。現在已經傷癒，他要去天石村把他沒有死的真相告訴張天賜的家人，告訴天石村所有的人。請問神父，張馬丁最後是來到了天石村嗎？」

「是的。張馬丁執事來到了天石村。」

「那他最終人在何處？」

「張馬丁執事已經死了。」

「死在天石村？」

「是的，死在天石村。」

「屍骨埋在何處？」

馬修神父停下來。而後又鎮定地回答：「張馬丁執事先是被埋藏在聖母堂的夾壁牆內，後來被人破牆挖出屍骨，拋進天母河了。」

孫孚宸大為不解，「被人拋屍天母河？何以仇恨至此？」

馬修神父在胸前畫出十字，「做這件事的人只相信高主教，只相信天津大主教，他們認為是張馬丁執事帶來了瘟疫，他們以為這樣做就可以永遠消滅他們不想看到的人。挖牆拋屍的那一天，我到過現場。可做這件罪惡之事的人們不知道，他們毀滅的只是易朽壞的身體，張馬丁執事已經回到永不朽壞的上帝的天國。」

孫孚宸長嘆一聲，舉手長揖：「多謝神父寬宏大量，秉實相告。孫某人之所以追根問底，實在是因為此案的錯判，張天賜的錯殺皆因此而起。我也正是因為此案而獲罪的。張天賜說的不錯，我和高主教終有遭報應的一天。」

馬修神父立即糾正：「你們異教徒相信遭報應。我們不信。在我們心裡，萊高維諾主教和張馬丁執事都是為了天父而獻身的聖徒。」

孫孚宸連連低頭致歉：「得罪，得罪。孫謀實在不知貴教之信仰精髓。並無冒犯之意。」

孫孚宸實在想不通，為什麼死而復活這個真相高主教當時不說出來，寧要借刀殺人，結下血仇。事後，張馬丁執事為什麼又一定要冒死前來講出真相。他不由得又想起來當初和高主教的雞同鴨講。心裡還是一團迷霧：既然都是為了天主，為何如此前後不一？難不成高主教、張馬丁執事是各為其主？

就在孫孚宸疑惑不解的時候，陳五六忽然插嘴問道，「馬修神父，我聽說你們這個聖母堂是新蓋的，也有不少人是新入教的，我想跟您打聽個人，您這兒有個叫老三的人嗎，這人個兒不高，左邊腿有毛病，是個瘸子。」陳五六又客客氣氣地補了一句，「神父，這人跟我黏點兒親，我就是這麼一打聽，我走到哪兒也都打聽打聽，有棗兒沒棗兒，都摟一杆子。您可別嫌棄。」

馬修神父看看陳五六，反問道，「你就是河東縣衙的捕頭陳五六吧？你要找的人叫王老三，是河東大王庄的人，他父親叫王永福。」

陳五六立刻瞪大了眼睛，「神父，您咋兒啥也知道呀？」

馬修神父平靜地回答，「他死在我們天石村了，他就埋在下村的墳地裡。我可以帶你去看看。」

嗡地一下，陳五六覺得滿身的血都湧到了頭上。

馬修神父還是很平靜，「我可以帶你去他的墳前看看。」

陳五六急忙點頭，「行，行！我跟您去，跟您去！」又轉回頭來囑咐，「孫大人，您就在這兒等我一會兒。」

等站到那座插了木十字架的墳前，陳五六還是不放心，「神父，您怎麼知道這就是我要找的人？我怎麼能信這座墳裡埋的就是老三？老三什麼時候入的教？」

「陳捕頭，老三沒有入教。但是老三臨死前做過懺悔，他說出了他犯下的罪行，我所知道的一切都是他自己向瑪麗亞嬷嬷懺悔時說出來的。他說是他害死了你的女兒蓮兒和一個叫百成的年輕人……他還說是他帶領義和團的人闖進你家的，害死你女兒的那只蝴蝶花的銀簪子是他在東關銀匠鋪專門買回來的。他還說這件事情只有你的老伴兒知道。」

一聽到蝴蝶花銀簪子，陳五六終於不再懷疑了。他渾身顫抖地舉起手來指著那座新墳罵道，「老三呀老三……你個畜生，你倒死了個痛快……你以為你他媽靠著個十字架，你就是個人啦？你他媽死一百回，死一萬回能換回我的蓮兒嗎？能換回百成嗎？能換回我們老兩口這後半輩子嗎……你個活畜生還腆著臉埋在人堆兒裡了，你他媽以為你插個十字架真就是個人啦……你配嘛你？」

陳五六罵得熱淚縱橫，他猛然間抽出腰刀，雙手握刀，拚命朝那座木十字架劈砍下去，十字架瞬間斷成兩截。陳五六仰天大叫：

「蓮兒……百成……老三那個畜生死啦……你們都瞅見了吧……」

一切來得太快，馬修神父什麼也來不及做。他下意識地在胸前畫出十字，沉默良久。而後告訴陳五六：

「陳捕頭……老三是在懺悔之後撞牆自殺的，自殺的人違背主的意志，違反主的戒律，是不可以入教，也不被接受進天堂的。我們為他插十字架，只是因為這裡全都是信徒的墓地，只是出於憐憫……何況他曾經真的很想向天父懺悔罪惡，重新做人。如果老三自己不說，或許永遠不會有人知道他的真實身分。他在天石鎮教堂血案被打中兩槍，其中一槍穿透了他的面頰，他被完全毀容。我以醫生的名譽擔保，任何一個以前認識他的人，都很難再能認出那張臉。很長一段時間裡，我們也一直以為他叫二福子，二福子曾經是我們聖母堂的敲鐘人，也曾經是一個最謹慎、最勤勞、最卑微的人。我們也曾經很難相信二福子就是老三，就一個犯下如此凶殘罪惡的人。天堂的大門是不會為這樣的人敞開的。」

陳五六滿臉是淚地對馬修神父轉過頭來，「神父……您說的那個天堂離我們太遠啦……我跟我老伴兒從蓮兒跟百成死了之後，沒有一天不是活在地獄裡頭，沒有一天不是活在一個看不見頭兒的地獄裡頭……誰憐憫我們呀……啊？憐憫了有用嘛，有救嗎？死了的人能活過來嗎？誰能還給我蓮兒？誰能還給我百成？」

陳五六又指著眼前那一片新墳發問，「神父，您問過他們嗎？他們的天堂、地獄都在哪兒呀？」

馬修神父沉痛地回答，「陳捕頭，我能理解你所遭遇的痛苦是永遠無法彌補的痛苦，我自己也曾遭遇過同樣的痛苦……這痛苦是所有人都無法逃脫的，他們逃不脫，你逃不脫，我逃不脫，老三也逃不脫。我們不可能有一個完美的人間天堂，只有一個眼前的人間煉獄……所以才會有天父的拯救。」說著，他捧起胸前的十字架祈禱，「……人不能強於獸，都是虛空。都歸於一處，都是出於塵土，也都歸於塵土。……阿門。」

陳五六點頭搖落了滿臉的淚水，「神父，您說這話，我信……」

第五章

一

有幾個山裡來的藥材商人在四海客棧住了幾天。每天出去到處找藥店，看行情。還拿著自己從山上收來的靈芝、黨參，到處問價錢。藥材賣完了，臨走的時候還專門給客棧張掌櫃的留下一小捆黨參，說是留著給張掌櫃的沏茶喝，或是燉雞湯的時候放兩根，大補。張掌櫃滿心的感激：

「您老幾位太客氣啦，我們櫃上的規矩，客人的東西概不能收。心意我領了，東西您還是收著吧！您下回再來天津衛還住我們四海就感謝不盡啦！」

客人們不答應，「這哪行呀，掌櫃的，東西都拿出來了，您老這不是見外了嘛！您老這是不給面兒，嫌少，是吧？」

張掌櫃的再三推辭，「您這話重了。心意是心意，規矩是規矩，我哪敢駁您老的面子呀！我要是領頭壞了規矩，在這店裡怕是就該丟了差事了。老東家絕不能饒了我。」

推過來，推過去。揖讓再三，客人們只好收起黨參告辭而去。

等到客人走了，張掌櫃的忽然看見羔兒嘴裡塞著布，手上拴著繩子，闖到前堂裡來，一進來就摔倒在地上。

張掌櫃的大驚失色。急忙大叫：「二明，二明！趕緊著，有人來綁票啦！快到後院看看去吧！」

一面喊，一面解開羔兒。什麼也不顧，從櫃檯下邊抽出一把大剪刀來，直接衝到了大街上，舉目四望，哪兒還有人影啊。

張掌櫃急得跺腳大哭，「嗨嗨嗨……我個老糊塗，怎麼就上了這幾個蟊賊的當啦……」

正哭著，二明也滿臉通紅地跑出來了：

「掌櫃的，出大事了，恩盛叫人給從後門抱走了！我小嬸和盼兒也叫人給綁在後院屋裡頭了！綁票的還留了封信。您趕緊著給瞅瞅吧！」

張掌櫃的急忙打開信封，頓時一臉慘白。

「天保世兄，別來無恙。今小弟前來取走一物，你我心知肚明，三日之內攜大洋一萬，牛頭寨雙方面交。小弟另有要事面談。切勿告官。風聲外露，我失一財爾失兩命，兩敗俱傷。有言在先，勿謂言之不預也。切切。」

眼看掌櫃的腿一軟就要倒下去，二明趕緊摻住張掌櫃的胳膊，又問，「掌櫃的，咱們趕緊報官吧，得把恩盛給救回來呀！」

張掌櫃立即把剪刀藏在袖口裡，趕緊搖搖頭，「二明，別說話，別叫人聽見。趕緊著，現在就去電話局給礦上打電話，就說家裡小孀得了急病，叫你壽山爺、天保叔立馬回來，一時一刻也別耽誤，立馬回來！」剛說完，想了片刻，又改口，「不行，這事情你辦不了，得我去，趕快騎車帶我去電話局，趕快走！」

當天傍晚，張天保和張壽山就搭乘礦上的運煤專列趕回了天津。

聽張壽山念了信，張天保握著拳頭砸自己的大腿：

「是我大意了，是我太過輕敵了。你不想想，你斷了人家財路，還傷了人家的人，人家能一聲不吭的白白吃虧嘛？牛魔王這小子，我見過。那時候，我們太行山各個隆口的弟兄們弄過一個神仙會，大家伙為了劃分地盤聚過一回。那小子是個狠角兒，號稱牛魔王。牛頭寨就是他占的山頭，整個寨子有石牆圍著，寨子裡兒，暗道、地堡，處處設防。進村的山道上挖了壕溝，豎了吊橋，日夜有人把守。全寨的百姓都得給他納稅、納糧。他手裡除了土槍土砲，還有十幾桿洋槍。他說牛頭寨最穩實，神仙會就是在牛頭寨開的。大家伙還按照生辰年月排了弟兄，歃血為盟。他知道我的根底，知道我是官府追殺的要犯。所以他才說，我失一財爾失兩命。他小子料定我不敢報官。他這是拿定了我只能跟他私了。」

張掌櫃的在一旁自責不已，「都怪我，都怪我這老糊塗……」

張壽山急忙擋住，「叔，現在咱們不說這些沒用的。天保，你說怎麼才能又救出孩子，又不把事情弄大讓官府知道？」

張天保伸出兩根指頭，「兩件事。頭一個，這一萬塊大洋他得要；二一個，他肯定另外還有別的也想要。」

「還要什麼？」

「你想啊，他覺著攥著我的短處，他肯定還得要每天的過路費。他想要的大頭在後頭，你想想，咱們礦上每天得有多少趟運煤火車路過牛頭寨呀？」張天保看看張壽山，「小叔，看來我這是沒有給你幫上忙，倒給你招來災了。」

張壽山急忙擺手，「錢多錢少就不是個事情，只要能先把人救出來！多少都行！」

張天保沉吟半晌，「小叔，現在也只能這樣了。給他一萬塊大洋，再答應給他過路費，先把他穩住，先把人救出來。斬草除根的事情不能操之過急，只有等日後再說。」

張壽山又問：「那讓誰去給他送錢最好呢？天保你是萬不能去！」

張掌櫃搶著說：「我去！我去！我惹的禍，我去！再說我也見過他們幾個人，他們見了我也知道我是誰！」

張天保拍拍張掌櫃的肩膀，「行，那就辛苦您老一趟。去了他要說起過路費，您就說我說的，過一趟運煤車五十塊大洋，回運的空車不能算，一個月一結帳。他再多要，您就直接轉身往回走，就說您不能答應天保沒說過的話。他肯定捨不得這一個月一千多塊的洋財！你帶著二明一塊去，路上也好有個照應。明天個一早就在車站煤場，等東陘煤礦的運煤車，接、送都在牛頭寨停車。我帶人在押運車箱上等你們。」

一切都如張天保所料，錢交了，過路費的價錢說好了，孩子抱回來了。日子照常過。運煤的火車每天平安無事，只是每到了月底，就要在牛頭寨放下一袋子銀洋，有人在鐵道旁邊按時等著交接。

張天保心裡卻是再也平靜不下來了。他嘲笑自己，張天保呀張天保，你不是嫌憋悶得慌嘛，這下不憋悶了吧？這下你可是攤上大事兒、攤上難事兒了吧？看看你可怎麼才能脫了這個死套？張天保不由得想起當年在牛頭寨的神仙會，大家伙拍著胸脯稱兄道弟，歃血為盟：不能同年同月同日生，但願同年同月同日死……當初一口咬定要同生共死的弟兄，一轉臉，就下黑手攥著你的命要錢。這天底下哪有什麼江湖義氣？哪有一個可信的人？人為財死鳥為食亡。這滿地一片的烏鴉，連上自己個兒，沒有一隻是白的。真正能萬信不疑的只有自己肩膀上的這桿槍！

二

自從把花兒從土匪手裡救回來，柱兒他娘說什麼也不敢再在四海客棧後院住下去了，非鬧著要搬家。整天提心吊膽，想起來就哭一陣：

「這是怎麼話兒說的呀，這麼大個世界怎麼就沒處躲，沒處藏了呢。從天石村跟著五爺逃了幾百里地，躲到天津衛，還以為能過幾天清靜日子。哪兒知道人家就能追到家裡兒來搶人啊，這都是什麼世道呀……啊？不叫人活呀！這麼大的天底下有個能讓人活的地方沒有啊？沒當過娘哪知道孩子叫人給搶走了心裡有多害怕，怕得我人都要瘋了……人要是真能轉世，我寧願當牛做馬，我也不想當女人，也不敢再當娘了……」

柱兒他娘抱著花兒一天換一間房子住。她還每天都到後院查看院門。每天都把大黃和黑子罵一回，你說說你們這倆畜生，叫你們看門護院呢，人家扔下兩塊肉骨頭，就把你們倆畜生哄住了！你說哪天沒餵你們呀，哪天餓著你們啦？真是餵不熟的狗啊？真是沒皮沒臉啊？

罵歸罵。罵完了，每天晚上，柱兒他娘都要把大黃和黑子拴在自己住的屋子門口。沒有這兩隻狗把門，她就不敢睡覺。

柱兒他娘天天催掌櫃的，您趕緊著吧，趕緊想個法子，跟他小爺說說，讓我換換地方吧，我是不敢在這兒住了……

張五爺已經回了天石村。張壽山得到消息只好撂下公事請假回家。張壽山自然是百般勸慰，萬萬不能讓柱兒一家人搬出去住，真要搬出去危險性更大。張壽山決定加高了旅社的圍牆，封死了後院的後門。給每個夥計發了一根木棒子。而後，他又悄悄地拿出三把左輪手槍，一把交給掌櫃的，一把交給二明，最後一把要交給柱兒他娘。可沒想到，這個一輩子操持家務、整日伺弄孩子的女人，看見槍就像是看見一條蛇，嚇得渾身打顫，直往後躲，「……我可不要這個，這殺人的玩意兒我哪敢動它呀……他小爺，您這不是交給我殺人的傢伙什兒嘛？我哪有膽子殺人吶我，叫我殺人還不如叫別人殺了我……再說我也不會擺弄它呀！」

張壽山笑笑，「柱兒他娘，你別這麼害怕成不成？誰說就是叫你殺人去了？給你槍，是讓你防身用的。趕明個兒咱再碰上土匪綁票，再有人來搶恩盛，你拿什麼擋住人家呀？你還照上回個一樣，就讓人家綁在椅子上，就在一邊眼瞅著土匪抱走人啊？你只要把槍一掏出來，他們就慫了！一個兒個兒跑得比兔子還快！」

看著張壽山哈哈大笑，柱兒他娘還是不放心，「他小爺，你這營生它我不會使喚，不也是個白搭嘛？」

張壽山把左輪手槍在手裡掂掂，「不會使，不要緊，掌櫃的、二明，都不會使。我教給你們怎麼打槍。過兩天，咱們就上牆子河外邊找個沒人的地方練練去。好學，就是握在手上，打開扳機，對準了人，你一扣手指頭，它就響了，人就倒了。這槍上還有個保險，只要把保險推上，它就扣不動，打不響了，不會傷著人了。千萬記住不用槍就關上保險，再一個，把槍藏好了，不能叫孩子們看見。

柱兒他娘，你放心吧。眼下我們已經把事情擺平了。沒人再到家裡兒來搶人了。來綁票的人，不是為了要人，是為了要錢。拿著錢了他還敢再來嗎？他再來不是自己找死嗎？這種事情它不能再有第二回。我給你們留下槍，也不是就為了非要用上它。有槍，心裡就有個防備，就不用再那麼害怕了。你說，是不是這麼個理兒呀。這槍你也不用當下就拿上，等我教會你們怎麼用了，你再把它鎖在櫃子底下。就當是從此家裡頭有保鏢陪著你住在這屋裡頭了。心裡有個防備，有個依靠。就不用見天兒擔驚受怕了。」

張壽山把槍放到桌子上，「原本呢，我還打算，實在不成就把你們全家都搬到礦上去住。可現在礦上的小學校還沒建成呢，沒有孩子們上學的地方。對了，從今往後啊，迎兒上學，見天兒得叫二明跟著送，跟著接。一天也不能大意。」

柱兒他娘遲疑地點點頭，「……他小爺，其實呢這家裡頭有五爺在，有您在，有天保在，我就有靠，我就不擔心。您說這世道，男人們打仗殺人就夠個亂的了，我一個女人家也得藏著桿槍過日子……迎兒他娘順河漂走的時候，說是要去找一個不熬心，不殺人，沒有人，清清靜靜的好地方……他小爺，這好地方在哪兒呢？天底下有這好地方讓人活嗎？我從來就不敢想大福大貴，就想過老百姓柴米油鹽的日子，不挨餓，不受凍，就心滿意足了。到現在才明白，就這麼點兒盼頭，壓根兒就是做夢……我真是不想拿著這把槍過日子……我真不如跟著我嫂子一塊堆兒漂走就不用發愁了，就省心了……可我沒那個命啊，我連想死的命都沒有，有這麼一大堆孩子我哪兒敢死呀……我哪兒敢享那個福去呀……他小爺，您可不知道一個當娘的丟了孩子，比叫人割了心還疼，沒有比這更害怕的了，叫我上刀山下油鍋換回孩子來我也幹……我真是嚇壞了，真是不想活了！」

絕望的眼淚從女人臉上淌下來，不停地淌下來……

張壽山的眼睛一陣發熱，慚愧地把手槍插進自己的懷裡。

自從拒絕了張壽山送來的手槍，柱兒他娘天天神不守舍，天一黑心裡就害怕，越害怕越睡不著，熬了多少日子，實在是熬不住了，這天總算是睡著了。昏昏沉沉當中柱兒他娘做了一個夢，夢見又回到了天石村：

是個春季天兒，驚蟄剛過，就下了一場雨，打了開春第一場雷。一聽打雷了，村裡人就熱鬧開了——頭場雷一打，就是女媧娘娘補天日，就又該辦迎神會了。還是張五爺領頭在娘娘廟焚香搖籤。一搖，今年個迎神會會首是柱兒他爹，張天佑。再一搖，今年的子孫婆就是自己個兒，柱兒他娘。這下子村裡人熱鬧了：著呀——幾百年頭一回，迎神會會首，子孫婆婆，全弄到一家裡兒了！

晚末晌躺在被窩裡了，柱兒他爹還咂著嘴問，我說柱兒他娘，你說它咋兒就全都弄到咱們家了？這事兒也忒玄乎了不是？我就說，這有啥玄乎的，你不聾不傻，我兒女雙全，咱們是張五爺當著全村人的面兒，當著女媧娘娘的面，搖籤搖出來的。柱兒他爹又問，柱兒他娘，都說摸了子孫婆的胳膊就生閨女，摸了胯骨就生小子，你說這都是真的嗎？我就說，自古到今幾百幾千年都是這麼說的，它能有假嗎？柱兒他爹就掀起被窩鑽進來了，就說，行，那我得占了先，我得再生個兒子。柱兒他爹猛得像頭牛，一下子，一下子，能把人頂死。等完事了，就癱在我耳朵邊兒上問，柱兒他娘，真痛快！剛剛痛快得我能死過去！你呢，你痛快不？我就擰他肩膀子，傻牛，用問！

第二天，全村人都動起來了：抬出神架，綁上紅綢子，紮上大紅花，把女媧娘娘擺到神架上。再用兩根木槓穿一把桃李二木做成的帶扶手的椅子，綁好子孫轎子，也紮上大紅花。這跟那八個水土二命的抬童合成一個意思，叫：水土兩旺，桃李滿枝。三眼槍砲響八聲，女媧娘娘的神像就從廟裡兒抬到八角獻亭，人群擠得裡三層外三層，全都爭著給娘娘上香、上供。在天母河獻供一天，第二天一早，八音會一吹打，就起了轎。八個搖籤搖出來的抬童，四個土命，四個水命，就把木德王女媧娘娘抬起來了。女媧娘娘在前，子孫婆在後，八音會就在自己個兒後頭，鞭炮聲，吹打聲，能把人耳朵震聾了。這工夫，就有人擠上來伸手摸我，有摸著胳膊的，有摸著胯骨的。杜兒他爹就在後面跟著央求，老少爺們兒，大娘嬸子們，大姊妹子們，手下留情，都是一個村兒的，您差不多就成啦……多子多福啦您吶。大家伙就笑，就起鬨，瞧瞧這男人當的真知道心疼人，就怕自己個兒的女人吃了虧！杜兒他爹，摸幾下子不要緊的，又摸不著肉，又摸不走你媳婦，你急啥呀你！全天母河就你知道心疼媳婦！今天個這子孫婆可是全天母河的子孫婆，她可不是你一個人的媳婦。我是子孫婆，也算是半個神仙呢，不能說，也不能笑，就那麼繃住了臉兒，高高的坐在轎子上，聽大家伙兒起他的鬨。

整村子人都跟著娘娘神像到了村東碼頭，天母河又寬敞又明亮，藍天，白雲都映在河面上，船就在藍天白雲裡遊起來了，就像是飛上了天。原本船該朝東走，過了河，上了岸，還要去河東十八村遊神，等著別的村的人拜祭……可誰知道船就漂走了，就在藍天白雲裡悠悠蕩蕩，越走越遠，越走越遠……船上的人們就問，這是要去哪兒呀這是？搖船的就說，這還用問，天賜媳婦是娘娘神靈附體，是咱村的活娘娘，她去了哪兒，咱們就去哪兒唄。人們又問我，柱兒他娘，那天個不是你們倆一塊堆兒來河邊兒洗衣裳，眼見著天賜媳婦坐著大木盆漂走的嗎？這都是真的不是？

是呀……這都是真的。自從讓瑪麗亞嬤嬤把那個黃頭髮兒子抱走以後，我嫂子人就清醒了，不再說自己個兒是娘娘了。那天個我們倆帶著孩子們一塊堆兒到了河邊兒，水透亮透亮的，天也是透亮透亮的。孩子們在河邊上耍羊拐玩，白悶兒在河邊上悶頭啃草。我們倆一人一根棒槌洗衣裳。眼看著衣裳洗完了，洗好的衣裳也擰乾淨了，正要往大木盆裡兒放。我嫂子就坐進木盆裡兒，她那兩隻眼睛就又亮了。我就知道娘娘又回來了。嚇得我趕緊問，嫂子，你這是要幹嘛呀嫂子？嫂子不回話兒，用兩隻棒槌一撐，大木盆就漂起來了，眼看著就順河漂遠了……我就喊，嫂子你這是要去哪兒呀，孩子們你就都撂下不管啦……我眼睜睜的看著嫂子的大木盆越漂越遠，她亮著兩隻眼睛跟我笑，她說，她要去一個不熬心，不殺人，沒有人，清清靜靜的好地方……我跪在水邊喊她，嫂子……娘娘，趕明兒個你真找著這個好地方，可記著回來呀，回來領著我們一塊堆兒去那個好地方……可自打嫂子撂下倆閨女順河漂走了，就再也沒回來……一丁點兒的消息也沒有，誰也不知道她是漂到天邊兒了，還是漂到地頭兒了？我要是知道，我早就追去了，哪還用著留在這地方受這些個罪，哪還用受這些個不是人受的熬煎呀……

一轉眼，就到了。在藍天白雲的河邊上看見一片房子，看見岸邊上站著嫂子，站著迎兒她娘。迎兒她娘笑笑，都來啦？快著吧，都快著上我這兒來瞧瞧吧。看看我這天夢園好不好？

一群人就都上了岸。看見滿地的莊稼，滿村的樹，樹上奇花異果，又好看又好聞。彩鳥一群一群在天上飛，清水渠在腳邊嘩啦嘩啦流。房子都是新蓋的，人人都穿得整整齊齊的，見面就笑，全都開開心心的。

就有人問，娘娘，你家的地在哪兒呀？有多少畝啊？

迎兒她娘就笑，這兒沒有人有地，這兒的地都是大家伙兒的。

那到了秋後收莊稼，可怎麼分呀？不打架，不爭搶啊？

不打架，不爭搶。看見沒，地裡的莊稼收了就又自己長出來了。樹上的果子摘了就又自己個兒結出來了。永輩子也吃不完，用不盡。人人有份兒，都夠用，誰還爭搶呀？

那要是遭了年景，鬧了旱災、澇災呢？

迎兒她娘又笑了，天夢園不鬧災。年年風調雨順。

來的人就全都傻眼了：天爺爺，世上還有這做夢也夢不著的好地方？這不是跟孫悟空的花果山水簾洞差不多嗎！

說對了，要不怎麼叫天夢園呢！

地都是大家伙兒的。那人呢？一家一戶的，你不分開，它怎麼揭鍋吃飯吶？……除非都不結婚、不成家，都不要孩子……

這兒的人都不結婚，不成家。有孩子。孩子都是大家伙的。人有了自己的家，到頭來不還是鬧著分家、分地、分錢；不就是你掙我搶、你死我活的鬧嘛！鬧了幾千幾百年你們還沒鬧夠啊？沒鬧夠你們回去鬧呀，非得找著上我這兒是幹嘛來了？

人們就懵了……大家伙兒驚得嘴都合不上了，娘娘，那孩子歸誰養活呀？

迎兒她娘還是笑，瑪麗亞嬤嬤不是有育嬰堂嘛，我們這兒比她強。小孩兒進慈幼院，老人進敬老堂。不分男女，人人都得進學堂，都得念書識字。小孩兒都念書，年輕力壯的都幹活兒。學什麼手藝的都有，鐵匠、石匠、木匠、瓦匠、裁縫，壘窯燒瓷器的，打首飾的，開方子看病的郎中，教書識字的先生，分上啥學啥，學啥幹啥。有什麼事情都是大家伙兒商量著辦。實在商量不成就抽籤唄。就這麼點事情，還爭啥呀爭？爭到你手裡到死也帶不走。你們誰見過人死了，地也跟著死、錢也跟著死的呀？

一句話把人問住了。大家伙都傻在那兒不言語了。就聽見水在腳邊流，鳥在天上叫。

迎兒她娘就擺擺手，行啦，說點別的吧。女兒會的人都來了吧？咱們不是還得剪子孫娃娃呢嗎？

大家伙兒這才又醒過夢來，可不是，把這件正事給忘了，得剪，得剪！趕緊著，找紅紙，找剪子，剪紙娃娃，多剪一個就多生一個！

迎兒他娘就笑了，對，多剪一個，就多生一個。我們這兒是天夢園，跟你們那邊可不一樣，生多少孩子也不怕，生多少孩子也有人教，有人養，沒人爭搶。在你們那邊兒可不行，多生一個，就多一張嘴吃飯，就多一個人爭競。等趕明兒個長大了就爭，就搶，就殺人。總想著得比別人多占、多搶。搶多少也沒個夠，爭多少也心不甘。人心沒盡，就離殺人放火不遠了。

大家伙兒就又懵住了。有人就嘆氣，哎——，娘娘呀，你們的天夢園是神仙住的地方，雲裡霧裡的藏著。我們這些個吃五穀雜糧的凡人，他不是找不著嘛，他不是住不進來嘛。再說了，真要是叫我們這些個天底下的凡人都住進來，還不得把您這天夢園給擠壞嘍？踩塌嘍？鬧亂嘍？

迎兒她娘想了想，也是，你說的也對。

大家伙就全都跟著嘆氣，哎，還是沒法子……

嘆了一陣氣，有人出主意，這麼辦吧，咱們就剪女的，不剪男的。打仗殺人的事情都是男人們幹的。沒有男人這世道就平安了不是？

有人叫喊起來，那哪兒成呀？沒有男人就不成個世界了。女媧娘娘當初拿泥捏人的時候，就是有男有女呀。再說啦，沒有男人，它就沒有種了不是。沒了種，這莊稼還上哪兒長苗兒去啊？這人還不得斷子絕孫呀？斷子絕孫的世界還是個世界嗎？就剩下荒草野地，虎豹豺狼，烏鴉滿天飛，長蟲滿地爬……

大家伙兒又全都懵住了。懵了一陣，我自己個兒就出了個主意：要不……要不就這麼辦吧。子孫娃娃還是得剪，這回個呀，咱們專剪好心眼兒的子孫娃娃。

人們就嚷嚷起來，柱兒他娘，說的容易，那可咋兒剪呀？誰知道誰是好心眼兒，誰是壞心眼兒啊？

就把自己個兒也給問住了，可不是嗎？誰是好心眼兒，誰是壞心眼兒，你可咋兒分辨吶你？……誰知道誰是壞心眼兒，誰是好心眼兒啊……真要是知道了，這世界哪還用這麼亂，這麼黑，這麼熬煎人吶……這可把人給難為死了……這可咋兒辦吶你說……自己個兒的世界自己個兒禍害！一天不禍害，就一天不踏實。一天不禍害，就一天不歇心——這就是人！你說自古到今，幾千幾萬年，過過幾天安生日子？它咋兒就沒有個人想出來個好法子治治呢？你說說，人這東西咋兒就這麼笨呢你說！這女媧娘娘也是，你說她非要留下這滿世界的笨人到底兒算是怎麼回子事情呢？

一著急，人醒了。

屋子裡黑得像個無底洞。自己個兒就沉在這個壓根兒就看不到底的無底洞裡兒……四周圍黑得沒邊兒沒沿兒的……

三

張天保把自己的曼利夏步騎槍換成了嶄新的七子毛瑟步槍。毛瑟步槍的槍管要更長，有效射擊距離更遠，精準度更高。他先在警衛隊的靶場上練了幾天。二百碼之內沒問題，槍槍打中靶心。五百碼有個七八成打中靶心，八百碼只有一半的準頭。這還得看刮多大風，風向是朝哪邊刮的。等自己練好了，他又挑選出警衛隊裡槍法最好的三個弟兄，也在靶場上練習遠距離射擊。張天保吩咐，「好好練，過幾天我來查驗。」弟兄們問他這是要幹什麼，他一句話頂回去，「服從長官，閒話少說！」弟兄們只好「爺，四兒！（Yes Sir）」

讓弟兄們遵照命令在靶場繼續練習的時候，張天保帶著食物和水，乘坐運煤列車來到牛頭寨溝口，獨自一人順著山溝悄悄鑽進山林。在林子裡走了三四里的山路之後，他藏在山寨對面的密林裡，掏出望遠鏡，仔細觀察寨子裡的一切動靜：哨兵們什麼時候換崗，吊橋如何起落，暗堡建在什麼地方，最重要的，他終於看清了牛魔王住在什麼地方，看他什麼時候出門，什麼時候進門，連他什麼時候上茅廁也看得清清楚楚。一連看了三天，發現牛魔王有個習慣，每天上午都要在自己院子裡喝上一陣茶。喝茶的時候獨身一人，自斟自飲。他住的院子在寨子最高處，從院子裡就能俯視全寨，甚至能看清對面的山林。躲在樹叢背後，有幾次張天保在望遠鏡裡，和這位往日的弟兄如今的仇人四日相對。他甚至還看見牛魔王張開大嘴，對著自己打了一個大大的哈欠。

數天之後，張天保率領他挑選出來的那三個弟兄全都換成農民裝束，乘坐運煤列車到了牛頭寨溝口，乘著夜色悄悄下車，一頭鑽進了黑壓壓的山林，摸黑走到牛頭寨對面的山坡上，隱伏在樹林裡面，忍著夜寒一直等到天亮。漸漸地，晨光下的牛頭寨，清晰無比地呈現在眼前。到這時候，張天保才悄聲把弟兄們召集過來，指著牛魔王的院子說：

「你們現在看見沒？寨子裡兒最高處那幢大院子？」

弟兄們點點頭。

「再等一會，太陽曬到院子裡兒的工夫，就會有一個穿白褂子的人出來，坐在院子裡兒喝茶，這小子會享福，得喝半個時辰才喝夠。就在他坐在小茶几兒邊上喝茶的工夫，聽我的命令，咱們四桿槍齊射。我倒要看看，四桿德國毛瑟槍到底兒能不能撂倒一個牛魔王。倒要看看各位的本事有多大。記住了，把槍上的標尺都給我頂到頭，我按照望遠鏡估算，至少也得有八百碼。」

弟兄們這才恍然大悟，原來隊長是要偷襲牛魔王。

張天保又吩咐，「現在吃東西，喝水。咱們也得吃飽了飯才能打仗。還有，每個人都要用樹枝子編一個偽裝帽。再用刺刀砍一根帶樹杈的樹枝子，做一個槍架。別小瞧了這根樹杈子，有這個槍架支住槍，擊中率要高得多。今天沒有風，是個好兆頭。」一邊說著，張天保用自己的刺刀砍出一個「丫」字形的樹杈來，「瞧見沒有？就照這樣，就是個好槍架！」

一切都像往常一樣。太陽照常升起，牛頭寨像往常一樣炊煙裊裊，吊橋放下來了，有人和羊群從吊橋上從容走過。寨子裡一派祥和，安靜。甚至能聽見狗吠、雞鳴之聲隱隱傳過來。靜謐的山谷中鳥們婉轉地鳴叫聲，在濃密的山林裡時隱時現。

果然，像張天保說的一模一樣，有人把茶几擺到院子裡，一個穿白褂子的人坐下來，怡然自得，開始喝茶。

張天保壓低聲音發出命令：「舉槍！瞄準，齊射！」

四桿嶄新的毛瑟步槍齊刷刷在樹枝後面舉了起來，隨著一聲令下，呼——，四發炙熱的子彈衝出了布滿來福線的槍膛，時間好像凝固了，似乎是等了一瞬間，院子裡那個悠然自得喝茶的人驟然倒了下去。

張天保馬上拿出望遠鏡，看過之後，肯定地喊了一聲：

「打中了！這小子滿身滿臉的血！」

弟兄之中有人急切地招呼，「那咱們趕快走吧！」

張天保放下望遠鏡，「你慌啥呀你？現在該慌的是他們。他們壓根不知道槍從哪兒打的，都先別動，等著看好戲。大頭目死了，就該著小頭目們跑過來了，等他們都跑過來，咱們再齊射一次。牛頭寨這幫家伙就該散夥了！」

再一次和張天保說的一模一樣，一夥人不知從什麼地方冒出來，急急忙忙跑到高處那幢大院子裡，擠成一團。

張天保再次發令：「舉槍！瞄準，齊射！」

立刻，院子裡又倒下幾個人。眼看著剛剛還一片祥和的牛頭寨，瞬間變成了一個亂哄哄的馬蜂窩。有人朝天上開槍，吊橋急匆匆升了起來。

張天保從從容容地站起身來，對弟兄們發出命令：

「撤退。注意隱蔽，先不要摘偽裝帽，不要讓他們看見。我估摸著這會兒，他們亂的啥也顧不上了，也絕不敢派出一個兵來追。你們就等著日後他們自相殘殺吧，牛頭寨這個新頭目可不是好當的！你們大家伙都記住了，今天這個事情日後誰也不許說出去，說出去的就等著挨槍子兒！回去以後，我會跟約瑟夫先生給你們請賞，每個人二十塊大洋。」

張天保領著弟兄們在密林中完身而退。牛頭寨溝口上一列返回的空車，正停在鐵道上噴著白汽。張天保一行人從容登上押運車廂，轉眼間消失得無影無蹤。

站在押運車廂最後面的瞭望平台上，張天保深深吸了一口氣，看著蒼莽起伏的太行山，不由得心生慨嘆，「斬草除根……我這個當年威名遠揚的刀客，如今也給逼得對刀客下手斬草除根了。都說三十年河西，三十年河東。這才幾天呀，一眨眼，總共才一年多，啥他媽也變得不是個樣兒了！」

列車飛奔，連綿的群山在眼前一一閃過，沒有人回應張天保的慨嘆。

數天之後，張天保和張壽山一起走進約瑟夫先生的辦公室，向他講述了這件事情的前因後果。張天保沉著地解釋道：

「咱們殺了牛頭寨的人，又斷了他們的財路，在江湖上這叫斷人活路。他們來報復，當然是專揀軟肋下手。咱們要想硬攻，一動槍砲事情就弄大了，兩邊都要死人，還不一定能攻下寨子。那這血仇就算是沒法子解開了。而且，牛頭寨在鐵路線一公里之外。真的開戰官府有權干涉，事情就更麻煩了。咱們是開礦挖煤做生意的，不是練兵打仗的，總不能見天兒跟一幫土匪糾纏吧？

這兩天我一直派人到牛頭寨偵察。寨子裡槍聲亂響，肯定是發生了火拼。現在他們逃的逃，散的散，自己已經亂成一鍋粥了。牛頭寨已經不可能再對礦山造成多大威脅，我們也不必每個月再交什麼過路費。可如果想把這個毛病徹底治好了，現在倒是一個機會。」

約瑟夫先生問：「什麼機會？」

張天保胸有成竹地回答：「現在，咱們可以在他們最虛弱的時候，跟他們談判：讓他們為礦山服務，做運煤鐵路專線的巡邏隊，每個月只需要發給他們兩三百元的餉銀，他們就一定會很高興。這樣對兩邊兒都好，雙方不會再成為敵人。打仗不是最好的法子，化敵為友才是高招。還有就是，有了這支巡邏隊，別的土匪也不可能再來插手搗亂。」

約瑟夫先生走上來拍拍張天保的肩膀：「張先生，你不只很勇敢，你也很有頭腦，你是一個優秀的軍官。」

張天保一面點頭，一面拽拽張壽山的袖子耳語道，「謝謝先生是他媽啥『四兒』來著？」接著他又轉向約瑟夫，「先生，還有一件事情，我必須要獎賞這次跟我一起完成任務的士兵們。」

一邊聽著張壽山翻譯，約瑟夫先生不住地點頭，「Yes! Yes!」

張天保又扭過頭悄悄問道：「他怎麼跟我『四兒』開了？」

張壽山憋住笑聲，替張天保回答，「非常感謝！非常感謝先生的慷慨！」

從辦公室走出來，張壽山拍拍張天保的肩膀，「天保，剛才約瑟夫先生說，這次劫持人質事件的所有費用都應當由礦上付帳。除了每名參戰的衛兵獎勵二十元，還要特別給你一百塊大洋的獎賞。天保，我以前真是小看你了。想不到你還真有點謀略，你還知道孫子兵法，

『不戰而屈人之兵』，有兩下子！我真得刮目相看啦！」

張天保笑笑，「我大字兒不識一筐，哪懂得什麼孫子兵法、兒子兵法，我這都是在江湖上逼出來的。比聶軍門差遠了！」說著回過頭來看看辦公室的大門，「要說起來，這位約瑟夫先生算是個講信用的大方人，知道不能白白使喚人。」

張壽山也笑了，「他不只是講信用，也不是只對你一個人發善心。他是有遠見。以現在的產煤量再增加兩倍，東陘礦區的儲煤量也能再開採一百二十年。你想想，這是多大的一筆生意！和這筆生意比起來，這幾兩銀子連九牛一毛都不如。如果連這點銀子都捨不得，他還能幹成什麼大事情？」

張天保忽然想起了什麼，一本正經地對張壽山轉過臉來，「小叔，要說起來收編牛頭寨這一仗，還是您給出的主意呢。」

張壽山一時轉不過彎來，「胡說，我哪給你出過什麼主意？」

張天保反問，「借廟成佛——這不是當初您教給我的嗎？忘啦？」

兩個人四目相對，會心而笑。

四

蓮兒她娘坐在炕頭上給閨女繡鞋面。

這已經是第四雙了——桃花，蓮花，菊花，梅花……一年四季，一季一個樣兒，可不是得四雙鞋嘛。哎，閨女腳大，這全都賴我。纏腳的時候見天兒哭，見天兒哭……她爹心硬，把閨女往屋裡兒一鎖，挺著個胸脯上衙門裡當差去了。蓮兒就在屋裡兒叫我，娘……娘……我疼，您救救我吧，您快救救命吧，我快要疼死啦！我就心軟了，當娘的不心軟誰心軟吶？孩兒是娘的肉，孩兒是娘心尖兒上掉下來的一塊肉。我就把鎖開了，推門進屋，就把蓮兒腳上纏的布條子，全給剪開了。娘兒倆就抱著頭一塊堆兒哭，就哭成倆淚人兒啦……不纏就不纏吧，腳大就腳大吧，嫁不出去就嫁不去吧，嫁不出去我們不嫁還不成嘛……嫁不出去就跟家待著，跟娘一塊堆兒過日子，就跟家待一輩子！

老頭子不行。老頭子打衙門裡兒回來，拔出刀來滿院子追我，說我這是害了蓮兒一輩子，又叫喚，又罵，非要拿刀砍了我。我拐著個小腳哪跑得過他一個大老爺們兒呀？還沒跑幾步呢，就摔躺下了，老頭子上來就要踢……還沒等抬腿呢，蓮兒就摔門衝出來了，手裡兒攥把剪子，對著自己個兒胸脯子叫喚，爹！你再敢動我媽一指頭，我就不活啦！……聲兒也叫喚劈了，眼珠子瞪得比她爹還要大。一個八九歲的閨女，當下就把老頭子給唬住了。頭一回見一個大老爺們哭，哭得鼻涕一把，淚一把……行，你們娘兒倆就欺負我一個人吧……我這是為誰呀蓮兒，爹這不是為你一輩子著想嘛，你舉著個大腳丫子往後咋兒出門呀你，咱們本來就眼睛有毛病，再加上一雙大腳，閨女，你想老到家裡兒呀你？你想把你爹你娘愁死呀你……

到了兒，還是老的擰不過小的。到了兒還是心軟的擰不過心硬的。蓮兒就留著雙大腳長大了。一雙桃花的，一雙蓮花的，一雙菊花的，一雙梅花的……一年四季，可不是得四雙鞋嘛。蓮兒四雙，百成也是四雙。一雙也不能少，一點委屈也不能叫我蓮兒受。在家沒受過委屈，到了那邊兒沒娘守著，更不能受委屈。

還有那根蝴蝶花的銀簪子，你說帶還是不帶呢……帶吧，那可是老三那個畜生給買的。不帶吧，那可是蓮兒的心上物件兒，自打見了百成，她見天戴著這支蝴蝶簪子跟百成紮堆。到死也沒讓她知道到底兒是誰給她買的。蝴蝶簪子叫那幫畜生給踩扁了，我撿回來又讓東關銀匠鋪裡的師傅給修好了。就是捨不得扔。扔了簪子就像是扔了蓮兒心上的肉。這件事兒，我可不能一個人做主，得等老伴兒回來跟他好好商量商量。

四雙繡花鞋，一年四季的衣服，被子，褥子，枕頭……一樣不落，都齊全了，就等老伴兒的信兒了，就等哪天老伴兒逮著老三那個畜生，給我蓮兒和百成報了仇，我就放心了。就能給我蓮兒和百成熱熱鬧鬧的辦一場冥婚。永寧寺的和尚請好了，八音會的響器班子也請好了，街坊鄰居也都問過請了，都等著我的信兒呢，到時候都來。我得連念七天的經，讓我們蓮兒和百成早得超度，離開這個禍害人的世道遠遠兒的，找個好地方，好好過日子去……我得讓東河縣城裡的人都看見，都聽見，都知道，我們蓮兒跟百成是大禮成婚的夫妻，是明媒正娶成的家。

我眼目前兒，就活這一件事，不把這件事辦好了我就不能死。

我跟老伴兒也說了，不把這件事辦好了誰也不能死。

我跟老伴兒還說了，菜園子裡兒的那口井得給我留著，菜園子也得給我留著，趕明兒個送走蓮兒和百成，還得種菜園子，還得用那口井的水澆地，還得吃這園子裡出的菜……吃一口，就把我蓮兒和百成含在嘴裡兒了。嚥一口，就把我蓮兒和百成留在心裡兒了。我得天天兒跟孩子們活在一塊堆兒……都說是人活一世，草活一秋。我們蓮兒和百成連半世也沒活成，剛長個花骨朵，還沒等開呢，人就沒了……就留下我們倆老幹枝子，守著這一園子的荒草野地，心裡兒涼的呀天寒地凍的……心裡兒黑的呀沒底沒底的……它怎麼就白髮人送了黑髮人呢……我就給我蓮兒繡花，繡一朵哭一場……繡一朵哭一場……我這是給我蓮兒續命呢，沒開的花骨朵我得讓她開呀……蓮兒，娘也就剩下這點兒念想了，娘也就剩下這一個法子讓你開花兒了……繡一朵哭一場……繡一朵哭一場……蓮兒呀，我的那孩兒，娘就陪著你慢慢兒開吧……

老伴兒說他這回是應官差送孫大人進京。等一回來，就給我找老三那個畜生去。找不著，他就不回來。找不著，我也不能答應他回來。這件事不給孩子們辦好了，還活什麼活呀？還能把自己個兒當個人活著嗎……啊？給我蓮兒繡的這些個花兒不是全都白繡了嗎？

就差老伴兒的消息了，這工夫也不知道他到底兒走到哪兒了？也不說託個人給我捎個信兒。

五

霍亂竟然奇蹟般地消失了。下村人開始返回面目全非的家園。可死亡了一半人的下村，再也不是原來的下村了。悲傷和傳言在村裡到處瀰漫。有人說是瑪麗亞嬤嬤和馬修神父救了下村。有人卻說，是因為聽從了天津大主教的話，從聖母堂裡清除了邪惡，才嚇退了病魔。這樣的傳言又從下村流傳到上村。流傳之快遠遠超過了當初的瘟疫。有的人因為瑪麗亞嬤嬤之死毅然回到了教堂，有的人卻因為東堂牆壁上那個恐怖的洞窟，不敢再回去。為此，馬修神父專門在聖母堂做過一次宣講彌撒，他對所有來聽講的人詳細講述了張馬丁執事為什麼會來到天石村，為什麼會生下了那五個黃頭髮的孩子，最終，又是怎樣死在娘娘廟，怎樣被女兒會中五個孩子的母親埋葬在夾壁牆裡。他甚至一字不差地宣讀了和天津教區大主教往來信件。大主教的來信中充滿了，邪惡，褻瀆，瘋狂，離經叛道，這一類的指責；甚至直接宣布：要麼按時拆除娘娘廟，要麼另外選址重建天主堂，否則，他和天津教區將要向羅馬申明一切，把天石村聖母堂驅除出聖方濟各天主會。

宣讀了一切以後，馬修神父指著自己面前空蕩蕩的一片椅子說：

「我現在把一切都說出來了，把一切都說明白了，這些空蕩蕩的椅子等待的是真誠的堅信者，而不是被恐懼驅趕的羊群。請你們自己來做出選擇吧：到底是跟著張馬丁執事、瑪麗亞嬤嬤回到自己的教堂，走向第八天，走向天主的地上天國。還是回到天石鎮教堂，回到他們那一邊，回到循環往復的七天之內，回到他們許諾的永生的天堂。這個抉擇是每一個人遵從內心的最真實的抉擇，這個抉擇是每個人自己最終的抉擇。我絕不強迫任何人，也絕不再說服任何人。決定吧！憑著自己的靈魂和肉身做出最終的決定吧！你們不必馬上做出決定，你們可以回到家裡靜靜地思考。張馬丁執事死了，現在，瑪麗亞嬤嬤也死了。但是，我會在教堂等著你們，我會等著所有願意跟我一起上路的兄弟姊妹們。」

教堂的鐘聲每天還是照常敲響，可聽從的人寥寥無幾，孤獨的鐘聲在晨光和夕陽中不停地響起來，似乎是在召喚惆悵的炊煙。

只要時辰一到，村民們就會看見馬修神父從高高的天石上，沿著石階孤單地走下來，而後，走進鐘樓的石門，再等一會兒，鐘聲就會響起來。就像二福子過去所做的一模一樣。馬修神父也會把自己的一條腿跨進鐘繩下邊垂掛的皮套裡，手抓鐘繩，用力一蹬，人就會像盪秋千一樣，在空中擺動起來，噹——噹——的鐘聲就在天石村的上空，在天母河寬闊的河面上，遠遠地傳出去，傳得很遠，很遠。

鐘聲停下來的時候，馬修神父會在鐘樓八角亭的亭柱間探出身來張望，每到這時候，村民們往往就會躲在家裡，或者背過身去，大家都在躲避神父痛苦的張望。村子裡喬、秦、高這幾個小姓家族的人，已經開始悄悄地轉到天石鎮天主堂去望彌撒了。神職人員裡也有人悄悄離開了聖母堂，他們更願意相信天津教區的大主教，他們害怕受到追隨異教的懲罰。剛剛發生過的這場瘟疫也是一種最真實不過的警告和提醒。他們著急地登上渡船趕往對岸，就像躲避瘟疫一樣躲避背後的鐘聲。

有幾次，馬修神父對著那些遠去的背影潸然淚下，「瑪麗亞嬤嬤，我真的很慚愧，真的很對不起……我這個愚笨的牧人不只弄丟了一隻羊，我是和自己的羊群失散了。主說『牧人必須流血，迷羊才得救回』……我們何止流血，瑪麗亞嬤嬤你和喬萬尼已經為他們奉獻了生命，竟然還是不能打動他們。人心為什麼如此冷漠？人們為什麼如此害怕真相？謊言為什麼讓他們如此的趨之若鶩？」

有一次，他甚至絕望地自言自語，「嬤嬤，喬萬尼，你們看到了吧？說不定今後咱們的教堂裡只會剩下三個人，只會留下你們和我。瑪麗亞嬤嬤，你說過，只要按照主的意願去做，奇蹟總會發生的。可是，奇蹟在哪兒呀，難道連你們的犧牲也喚不醒這些沉睡的人，也喚不醒這些沉睡在世俗天堂裡的人們嗎？」

沒有人回答。高聳的太行山，平靜的天母河，亙古而立，無聲無息。

張五爺回到天石村的時候才知道，一場駭人的瘟疫剛剛結束。瑪麗亞嬤嬤已經死了，已經把自己的骨灰撒進天母河了。自從馬修神父給全村人講明了所有真相，宣讀了天津教區主教大人的來信，張氏家族的很多人也已經多日不再敢進教堂了。張五爺氣得拍案而起。

果然，像瑪麗亞嬤嬤說的，奇蹟發生了。

這一天的早晨，馬修神父照常敲響了晨禱的鐘聲之後，當他又一次來到牆邊張望的時候，驚訝地發現許多人正朝著聖母堂走過來。在一大群人的前面，他看見了被簇擁著的張五爺。手拄拐杖的張五爺奮力登上天石的台階，帶領張氏家族全體老少湧進了聖母堂。

聖母堂留下來的修女和教士們也感覺出了異樣，大家都跟隨著人流走上天石。椅子被坐滿了，人們就站在椅子後面，教堂被擠滿了，人們就守在院子裡。等人們都安靜下來，銀鬚長髯的張五爺拄著拐杖走到聖母升天像前跪了下來，三叩九拜。而後才站起身來，還沒開口，人已經哽咽不止，所有的人都被老人感染了，教堂裡一派凝重。張五爺長嘆一聲：

「……我今天得先說說瑪麗亞嬤嬤，我走的時候她人還是好好的，我回來，人就沒了。瑪麗亞嬤嬤對咱們有大恩哪，瑪麗亞嬤嬤救了咱們天石村兩回。頭一回，救了老張家全族。

這一回又和馬修神父一起救了下村，也救了全村人的命，不只救了咱們，還為救咱們丟了性命。捨己救人，捨生取義的人是什麼？是聖人啊！普救眾生者，大慈悲。這是聖母才有的大仁大義，這是聖母才有的慈悲心腸。你們怎麼想我不知道，依我看這就是聖母顯靈的神蹟。沒有瑪麗亞嬷嬷天石村的人早就死乾淨了！可我也聽說了村裡傳的那些個閒話，說瑪麗亞嬷嬷這個不對，那個不對。」說著張五爺站起來，先在自己胸前畫了一個十字。而後，又對馬修神父畫了十字，鄭重說道：

「神父，我今天個是專門借咱們聖母堂這個地方，跟老張家的人說幾句話，對著天父、對著聖母說幾句掏心的話。把話都說到明處。」

說罷他又轉向眾人，「我去天津住了些日子，回來聽說了，也看見了，一場霍亂鬧得死了小半村的人。讓我沒想到的是，自打馬修神父講了張馬丁執事就死在天石村，就埋在聖母堂的石牆裡，自打他念了天津大主教寫來的信，老張家的好多人現在都不來聖母堂望彌撒了。

我想問問大家伙兒，攻打天石鎮教堂那時候，我是紅槍會的會長，是我領的頭去的。咱們老張家的男人有誰沒去？站起來讓大家伙瞧瞧。」

聖母堂裡安靜得能聽見喘息之聲。沒有人站起來。

張五爺又問：

「咱們入教躲難的時候，人家瑪麗亞嬤嬤問沒問誰打過教堂，誰沒打過教堂？問沒問誰是好人，誰是壞人哪？人家是不是一敞門把咱們全都救了？那時候，咱們知道不知道天賜的案子是假案子呀，也知道呀，就是假的。天主堂一砸開，墳一挖開，大家伙全都看見了，棺材裡兒只有衣服沒有人。為這個案子死了多少人啦？天賜死了，高主教死了，天佑死了，天佑兒子柱兒也死了，光咱們村紅槍會的就死了十幾口子。天主堂裡兒的神父、傳教士、入教的也死了幾十口子。要是就這麼冤冤相報的死下去，得死多少是個夠？死到哪天是個頭啊？現在，馬修神父不過就是把原本的事情說出來，張馬丁執事就是為了想把他沒有死的真情告訴咱們，才違背高主教來到咱天石村的。那時候，天賜媳婦是女媧娘娘神靈附體，就住在娘娘廟裡兒，著全村人供著。張馬丁執事寒天凍地撞到娘娘廟裡來，是天賜媳婦把凍死過去的人救活的，到最後張馬丁執事也是因為凍傷死在娘娘廟的。就讓她們女兒會幾個媳婦給埋到這面牆裡兒了。大家伙瞧瞧，就是這面夾壁牆。」

張五爺指著那面被瑪麗亞嬤嬤專門保留下來的石牆：

「把一件真人真事砌在牆裡兒，大家伙都沒事、都不怕，把真人真事說出來就都害怕了？就都受不了了？張馬丁執事怎麼死的，他是為了把真相告訴咱們，才違背了高主教的意願來到天石村的。為了這件事，為了守住天主的戒律，他不怕被革除神職，不怕一個人擔上了所有的罪名，冒死來到天石村，最後也就死在了天石村。天父的兒子耶穌是為了拯救所有人死的，張馬丁執事也是為了拯救咱們才死的。他要是起根兒上就聽高主教的話，那他死不了，這會兒說不定正舒舒服服的當上了天石鎮的本堂神父。一個人為說真話敢捨生忘死，依我看他也是個聖人。

二福子的事情把大家伙兒全嚇住了，有人說這就是信了邪教的懲罰。我不敢這麼說。馬修神父不是給咱們講過《約翰福音》裡兒那個故事嗎，一夥人要拿石頭砸死那個賣身的女人，耶穌就對大家伙兒說，『你們中間誰是沒有罪的，誰就可以先拿石頭打她。』咱們也該拍拍胸脯想想，自己有沒有罪，咱們這些所有打過教堂的，有沒有罪？咱們比二福子強多少？要我說，二福子還算有最後一點良心，他還知道自己個兒罪孽太重，自己個兒罪不該活。

再說說瑪麗亞嬤嬤吧……」

此話一出口，張五爺老淚縱橫，「我聽有人說是瑪麗亞嬤嬤把二福子收進天主堂的，也是她把天石村老張家全族都收進天主堂的，這都沒有錯，是這麼回事。可大家伙兒想想，你們下村人也好好想想，瑪麗亞嬤嬤是為什麼死的，是為什麼死在下村的？她不是為了救你們才死的嗎？霍亂來了大家伙兒都怕，都知道逃命。可人家怎麼就奔著死去了呢？這叫捨生忘死呀，這叫捨身取義啊！耶穌基督不就是這麼死的嗎？這世界上還有比這更大的慈悲嗎？

天津大主教說咱們天石村這都是異教，都是不正道。那我可不信。大家伙朝河東邊瞧瞧，有多少不一樣的教會：有美利堅國的美以美會，法蘭西國的耶穌會，義大利國的聖方各濟會，俄羅斯國的東正會……大家伙兒都不一樣，可他們都說自己個兒才是最好的教會，自己個兒信的那個天主才是最正道的。天津大主教敢說人家都是邪教嗎？敢說人家都不正道嗎？就因為咱們把聖母堂和娘娘廟都立在天石上了，就因為把敢說真話的張馬丁執事留在聖母堂了，就成了罪過，就成了冒犯天主了？那你就不看看這聖母堂救了多少條人命呀？你就不看看瑪麗亞嬷嬷把多麼大的血仇化解成和善啊。救眾生者，大慈悲。聖父聖母捨了自己的兒子，不就是為了拯救天下眾生嗎。遵照聖父聖母的意願救天石村的眾生，它怎麼就成了邪教呢？到底兒是誰邪啊？要我說，他不認咱們就不認吧，他斷了供給就斷了吧，咱們天石村還供不起自己個兒的聖母堂啦？娘娘廟咱們不是供了一兩千年了嘛！我看聖母堂和娘娘廟都立在天石上就挺好。省得非要爭個我對你錯，非要爭個你死我活，那這天底下得殺多少人才算完啊？當初高主教就是為了非要拆了娘娘廟才揑出個假案子，就從這假案子結下的仇，天賜死了，張馬丁死了，高主教死了，天佑爺兒倆死了，攻打天主堂兩邊死傷百十號人……還得死多少才算是個夠啊？非得這麼殺來殺去的才算是守了教規？

我聽說了，瑪麗亞嬷嬷升天的那天，咱們天母河兩岸來了不知道有多少人，人們手裡兒舉的火把照亮了天母河，那就叫人心所向，那才是人間正道！

你們有人不敢再來望彌撒，我來。就衝聖母堂救了老張家八百多口子人，我也得來！就衝瑪麗亞嬤嬤不計恩仇二話不說，一下子救了全村老張家，我也得來！就衝張馬丁執事、瑪麗亞嬤嬤都是為了天石村死的，我也得來！滴水之恩湧泉相報，救命之恩倒轉臉就忘啦？還是人嗎？是人能幹這事兒嗎？我倒要看看斷了天津大主教的供給，咱們天石村的聖母堂會不會斷了香火！自己的命自己救。自己的神自己供。天經地義！」

聖母堂裡一片安靜。

馬修神父在十字架前跪下來，在胸前不斷地畫十字，他口中反覆禱念著一句話：

「哈利路亞……瑪麗亞嬤嬤，喬萬尼，你們看到了吧……按照主的意願行事，奇蹟總會發生的……」

教堂裡的人們跟著他跪下來，很多人的臉上熱淚橫流。

教堂外面，天石腳下一切如常，好像什麼也沒有發生。炊煙照常升起，河面上照常波光粼粼，天母河照常平靜地遠去，太行山照常沉默無語。

六

陳五六把兩只酒盅都斟滿，而後，端起來撒在自己腳下的地面上，「蓮兒、百成，爹把咱們的仇人找著了，老三死了，他是自己個兒撞牆撞死的，總算是老天開眼，惡有惡報。這口氣不出，爹也快要活活憋死了！」

隨後陳五六又把酒盅斟滿，對著解了枷鎖的孫孚宸恭恭敬敬舉起來，「孫大人，這杯酒得敬您。要不是您非要去天石村，這麼大的世界我上哪找老三那個活畜生去呀？老伴兒還跟家裡兒盼著我的消息哪！這消息一準兒能讓她鬆鬆心！一準兒能救了我老伴兒！」

陳五六舉杯過頭，「來來來，您先請，先請。」

孫孚宸笑起來，「陳捕頭，你就這麼給我解開枷鎖，跟一個囚犯推杯舉盞，不怕回去吃罰丟了差事麼？」

陳五六豪爽地回道：「不怕。跟您說句心裡話，我就為送您才應了這趟差，原本就打算回去就辭差不幹了，就一心一意找老三去。這回可好了，託您的福，讓我跟老三的墳頭當面相對。孫大人，您這是對我有恩哪！要不是您非要帶我去了天石村，我上哪知道他王老三改名叫了二福子呀？逮不著老三，我心上這塊大石頭永輩子也得壓著，早晚得壓死我。孫大人，您先喝酒，您喝了我才能喝。」

孫孚宸不再推辭一飲而盡。立刻，老燒酒讓胸膛裡一陣滾燙，心裡湧起一股難得的輕鬆。

簡陋的鄉間小店，條凳、木桌就放在門前的葡萄架下邊，除了賣酒而外還兼賣雜貨。一個夥計，一個掌櫃。看來平日顧客稀少，掌櫃和夥計對酒桌上的兩位客人格外地熱絡。眨眼的工夫，一盤韭菜攤雞蛋，一盤清炒芹菜，一盤涼拌水蘿蔔，一盤油炸花生米，外加一碟點了香油的醬蘿蔔絲。掌櫃的最後把醬蘿蔔絲放下笑稱道：

「您二位好好吃，這碟兒醬蘿蔔是送的。待會兒吃打鹵麵的時候當個就嘴的小菜兒。我們這兒沒東西，您二位只能將就啦。可有一樣，這桌上的東西都是咱們自己個兒園子裡兒出的，新鮮。」

陳五六老道地誇獎，「這不用你說，早就看出來了，我自己個兒也有個小菜園子。吃什麼摘什麼，最新鮮不過的。」

三杯酒下肚，陳五六的話開始多起來，「我說掌櫃的、小兄弟，不瞞您說，你們這雞毛小店兒今天個算是遇上貴客了！您瞧好了，坐在我對面的這位大人，就是咱們東河縣原來的父母官，孫知縣孫大人。」

掌櫃的趕緊點頭作揖，「嗨呀，有眼不識泰山。得罪，得罪。我這小店兒裡來的除了趕腳的，就是受苦的，今兒個算是開眼啦！」

孫孚宸擺擺手，「你不要聽他誇口，今天的貴客是他，他是東河縣縣衙裡的陳捕頭。我哪還是什麼貴客，我如今是他押送進京的囚犯。」

掌櫃的看著立在一邊的枷板、鐵鎖，連連點頭，「噢——，我說的呢，喝酒咋兒還帶著這營生？您喝酒，喝痛快。酒桌上頭沒愁事。咱們不說這個。」

「說得好！」陳五六一拍桌子，「酒桌上頭沒愁事！孫大人，咱們喝酒。」

孫孚宸也舉起酒盅，「來來來，『與爾同消萬古愁』！」

葡萄架外邊就是一望無際的麥田，前些天還沒有熟透的麥子如今已是滿目金黃。薰風吹過，金黃的麥浪一波推著一波，送來沁人的麥香。看著無邊的麥田，孫孚宸由衷地讚嘆：

「好年景，真是難得的好年景。如詩如畫啊。」

陳五六在一旁附和，「是好。這都是去年天母河那場大水發的。自古到今都是這個樣，哪年發了大水淹了地，第二年準保是好收成。老天爺心裡兒也有桿秤，有災就有福。老三那畜生做了傷天害理的事情，就有他頭撞石牆的報應。這件大事總算是了結了。我這回送了您，回去就辭差，回家鼓搗自己個兒的年畫兒去。不怕您笑話，我家裡還專門弄了間印房，以前就是個喜好，以後就拿這個養家吃飯了。咱們天母河的人都喜歡年畫，年年換，年年貼。老百姓們誰不盼個好年景，誰不盼個吉慶有餘、風調雨順啊。」

有酒力助興，孫孚宸問道：「陳捕頭，今天喝了你的送行酒，我一介囚徒身無一物，無以回贈，就借這眼前的景致贈你一幅對聯吧？」

陳五六一臉歡喜，「敢情，孫大人，這是我的福分。」

孫孚宸脫口而成，「上聯是：麥浪千疇搖金穗；下聯是：春風萬里畫柳眉。橫披：太平風物。」

陳五六擊掌而呼：「好！好！敢情，到底是金榜題名的大進士！出口成章！這份兒重禮我得當寶貝收著！掌櫃的，您給幫個忙，趕緊著給寫下來，別等日後給忘了！」

孫孚宸擺擺手：「俗句、俗句，見笑、見笑，隨口而出。我不過喝了酒乘興而已。」

半壺酒喝下去，陳五六也有了幾分微醺，「孫大人，我是個粗人，就是略識幾個字兒。一不會寫對子，二不會寫詩。我呀，除了會鼓搗年畫，還會唱幾句東河大鼓，就著您那個太平風物，我給您瞎唱兩句兒聽聽？」

孫孚宸笑起來，「好，好，對酒當歌，有詩有唱。今天的酒喝得盡興。」

陳五六清清嗓子，以箸擊桌唱起來：

……

牧童兒不住地連聲唱，
我只見他：
頭戴著斗笠，身披著蓑衣，
下穿水褲，足下蹬著草鞋，
腕挎藤鞭，倒騎著牛背，
口橫短笛吹得是，
自在逍遙。
吹出來的這個山歌兒，
是野調無腔，
這不越過了小溪旁。[1]

「好——忒是個味兒啦！」
圍過來的掌櫃的和小夥計，也在一旁擊掌叫起好來。
孫孚宸由衷地讚道：「好一個自在逍遙！」

酒足飯飽，兩個人繼續上路。陳捕頭說什麼也不再讓孫孚宸戴那個枷板，他用鐵鍊把枷板捆起來，再用那根哨棒把原來背著的行囊一穿，擔在自己的肩膀上，還沉浸在剛才暢飲的快樂當中。

孫孚宸在後面拉住陳五六，「陳捕頭，這成何體統？你一個當差的捕頭，怎麼能倒替一個囚犯肩挑枷鎖……我是要戴枷謝罪，不是去西天取經啊！」

陳五六聽得大笑，「哈哈，孫大人，咱倆就來一齣西天取經吧！您就是唐僧，我就是豬八戒！」

孫孚宸一再勸阻，「陳捕頭，使不得、使不得！」

陳五六不肯停下，「孫大人，將在外君命有所不受，我這捕頭在外，規矩就是我給定。我說戴就戴，我說不戴它就不用戴！您再多歇歇，下邊路長著哪，有您受累的時候。再說了，我心裡有準兒，等快到下一站的時候，我再給您戴上，這事兒它出不了毛病！」

孫孚宸不再爭執。

爽快的薰風又把兩個人沉浸在愜意的微醺之中。

孫孚宸由衷地自言自語，「人生難得忘憂愁，哪怕只忘一時一刻。難怪生死之間要給人留下一條忘川……『我姑酌彼金罍，維以不永懷』……[2]」

沒有人回答。

風把孫孚宸的嘆息刮得很遠，很遠。

沉默中，孫孚宸又想起剛剛暢飲的歡愉，不由誇讚道，「陳捕頭，真想不到你還有這麼地道的唱功呀！」

陳五六也不再謙辭，「這段唱詞兒挺長的，我就給您唱了個尾巴。等趕明兒個您想聽了，我再給您唱。」

好像有什麼觸動了孫孚宸，他悵然問道，「陳捕頭，前邊的驛站就是咱們東河縣內最後一個驛站了吧？」

「您說對了孫大人，最後一個，叫個村橋驛。」

孫孚宸慨嘆道，「好清淡雅致的名字。」

陳五六反問，「清淡雅致？孫大人，這裡頭又有啥講究？」

孫孚宸從容不迫地解釋，「這『村橋』二字取自名句，『何事吟余忽惆悵，村橋原樹似吾鄉。』這是北宋人王元山的名句，這王元山是個進士出身，也是個一貶再貶的忠臣，臨死前曾經又遭貶于黃州，為此世人皆稱王黃州……和蘇東坡惺惺相惜啊，也是一生坎坷——『問汝平生功業，黃州惠州儋州』……

『何事吟余忽惆悵，村橋原樹似吾鄉。』陳捕頭，你看看這一望無際的麥田，讓我不由想起自己的家鄉啊。每年春天，河渠兩岸也是油菜花開一望無際，黃花如夢啊……村橋驛，村橋驛……陳捕頭，過了村橋驛就出了東河縣界，是吧？」

「是，孫大人，出了村橋驛，就出了東河縣界了。」

「最後一站。」

「是，最後一站。」

孫孚宸仰起頭來，「我家鄉人不唱大鼓，唱彈詞，我也恍惚記得幾句開篇詞。」說罷，孫孚宸管自吟唱：

秋風起，
秋水長，
北雁南飛，
歸故鄉。
冷月當空千重路，
寒星寥落百里霜……

平疇千里的麥田裡金風浮蕩，孫孚宸悲涼的吟唱也隨金風浮蕩而去。

陳捕頭扭過頭來，「孫大人，您這大夏季天兒的，唱的可都是寒星冷月啊。想家啦？」

孫孚宸不看陳五六，依舊沉浸在自己的傷懷當中，「想啊，想家……『日暮鄉關何處是？煙波江上使人愁。』古往今來，千年不變，有哪一個文人墨客不是鄉愁滿懷啊！」這樣說著，孫孚宸隨手指著路旁麥田裡的一棵杏樹，「陳捕頭，此處甚好，我們不妨在此樹下歇腳乘涼。」

休息片刻，孫孚宸說道，「陳捕頭，你可知道，孔聖人當年講學就在杏壇之上？所謂『孔子游于緇帷之林，休座乎杏壇之上。弟子讀書，孔子弦歌鼓瑟。』說的就是這件事[3]。至今孔廟大成殿前還專門有杏樹環植的杏壇。我去拜見過，果然是花開燦然，樹陰百代。」

陳五六笑起來，「照您這麼一說，今天個咱們是坐在孔聖人當年坐的地方了。孫大人，您行，您是金榜題名的進士，您是孔聖人的弟子。我這粗人可是生受不起。」一面說著，當真就站了起來。

見他站起來，孫孚宸也跟著站起來，雙手抱拳深深揖讓，「陳捕頭，孫某人今天有一事相求。」

「您說。我欠著您老大的人情呢，您想幹什麼就直說，我絕不含糊。」

孫孚宸從懷裡掏出一根麻繩來，「這是我剛才跟酒店的小夥計討來的。」

陳五六看見麻繩當即變了臉色：「孫大人！您這是要幹啥事情啊孫大人？」

孫孚宸不慌不忙，「陳捕頭，你不要怕。你說了前面就是村橋驛，過了村橋驛就出了東河縣界，就不是當初我管治的地方了。東河縣內的教案，我這當知縣的責無旁貸，就該尊旨辦事跪叩謝罪。可東河之外我就不必越俎代庖代人受過了。凡事總有個了結。」

「那您打算怎麼了結呀您？」

「就在這棵杏樹之下。」

「杏樹之下，您打算怎麼著呢？」

「我要自掛東南枝，面朝家鄉而死。」

陳五六的眼淚立刻流下來：「孫大人……您可不能尋這個短見，再說您真就這麼死了，我這個奉旨的官差可怎麼交代去呀？再說啦，這天底下哪有求人幫忙尋死的啊？」

孫孚宸一臉的絕然，「我不用你動手，只求你不要阻攔。我死心已定。士可殺不可辱。與其受辱，不如受死。與其受辱等死，不如早日了斷。更何況還有今天這棵杏樹，這就是天賜良機。就像你遇上了老三，我遇上了杏樹，這都是天意。」

陳五六搖落了滿臉的淚水，「孫大人，您求的這事兒我是萬萬不能幹……我要是幹了這件事，心裡頭得背著永輩子見死不救的罪名，還是眼見著大恩人死在眼前我不搭手救一把……這事兒說出天來我也不能幹……您這不是叫我殺人嗎？」

兩個人正在僵持之間，遠遠從官道上跑來一匹快馬，來到近前，孫孚宸不由得微微冷笑，「陳捕頭，咱們不用再爭了，你看看來的人是誰？」

陳五六認出來了，落蹬下馬的正是村橋驛的驛丞王為正。等來人走到跟前，孫孚宸笑問，「王驛丞，敢是為我的事情而來？」

王驛丞點點頭。

孫孚宸又問，「王驛丞，敢是為我來宣示賜死之命？」

王驛丞說道，「剛剛接了刑部發來的上諭急命，我催馬趕到後邊的站上，說人已經走了，我這才又追回來。」一面說著，從信囊裡拿出公文來，「孫大人，事關重大，刑部派來的魏大人還在村橋驛等我帶人回去，要當面監刑呢。魏大人再三嚴令，不得有誤。孫大人，小的這也是遵命行事，不敢有違。還望孫大人見諒。」

陳五六早就驚得目瞪口呆。

孫孚宸自嘲道，「王驛丞，你來晚了。剛才我正在和陳捕頭商量如何自裁呢。」說罷指著陳五六長嘆一聲，「哎——，陳捕頭呀陳捕頭，你現在知道了吧？早做了斷，我孫某人何必再多受此辱？你現在可還願意幫我這個忙？」

陳五六哭著點點頭，「孫大人……我幫，這輩子我能報答恩人的也就剩這最後一回了……老天爺，它怎麼就是鬧了這麼一回啊？不是說好了到刑部報到聽候發落嗎？怎麼就又非要賜死了呢？皇上這是急得哪門子，這到底兒因為什麼又變啦……孫大人，您說，您想讓我幹什麼？」

「你什麼也不用做。你現在再加進來動手，就是同案罪。你們只要把我的屍首運回村橋驛，讓魏大人驗明屍身。就說是我途中藉口方便，尋機自縊了。他要的是我死，只要我死了他就能回去稟報銷差。陳捕頭，等魏大人走後，只麻煩你買一口薄棺把我運回來，就葬在這棵杏樹之下，我心足矣！」

一面說著，摘下手上一只鑲了翡翠的金戒指遞給陳五六，「陳捕頭，喪葬所需用貲，就以這枚戒指典賣之值為限吧。」

陳五六接過戒指，早已嗚咽得語不成句：「……孫大人……您放心，我給您辦……」

孫孚宸拍拍陳五六的肩膀，對兩位老下屬告白：

「人生一世無非生死二字。我人在官場，一輩子瞻前顧後身不由己，謹小慎微如入囚籠。如今，這最後一死，總算能自裁，為自己而死，非為君命而亡。

請二位稍稍回避一下，就在麥田路邊等候片刻。」

陳五六止不住的流淚，「孫大人，那我們這就走啦……」

孫孚宸舉手而揖，「走吧，走吧，就此別過。不必回頭。」

看著兩人轉過身去，孫孚宸又對著背影補了一句，「陳捕頭，麻煩你就在田頭，把剛才唱過的大鼓詞從頭唱給我聽聽。」

陳五六扭回頭來泣不成聲，「哎……孫大人，您愛聽，我就給您再唱一回……」

金波蕩漾的麥田猶如輝煌的大海。

輝煌的大海上響起陳五六悲愴的唱腔：

丑末寅初日轉扶桑，
我猛抬頭，見天上星，
星共斗、斗和辰，
它是渺渺茫茫、恍恍惚惚、密密匝匝，
直沖霄漢減去了輝煌。
一輪明月朝西墜，
我聽也聽不見，
在那花鼓譙樓上，
梆兒聽不見敲，
鐘兒聽不見撞，
鑼鼓聽不見篩呀這個鈴兒聽不見晃，
那些值更的人兒他沉睡如雷，

夢入了黃粱。

……

孫孚宸終於完成了一生中自己決定的事情。

遠遠看去，金碧輝煌的麥海上，一棵枝葉繁茂的杏樹綠意蔥蘢。杏樹的綠影之下，彷彿有一件陳舊的長衫被人遺落在樹枝上。

1：本段唱詞摘選自京韻大鼓《丑末寅初》。
2：引自《詩經．國風》周南．卷耳。
3：引自《莊子．漁父篇》。

尾聲

一

安葬了孫孚宸。又回到家裡安葬了蓮兒和百成，按照老伴兒的意願給孩子們做了一場排場風光的冥婚。而後，又收拾好了菜園子。陳五六來到東關沈記銀匠鋪，找著銀匠鋪掌櫃的沈師傅，當面撂下三兩銀子：

「沈師傅，您拿著，這是給您的三兩銀子。」

沈師傅一臉疑惑，「陳爺，您這是怎麼話兒說的呀？憑空給我撂下這些個銀子？」

陳五六一本正經，「不憑空。這是給我閨女買蝴蝶花銀簪子的錢。」

沈師傅更糊塗了，「陳爺，那簪子賣了呀，就賣給你們家那個老三了呀？」

陳五六沉下臉來，「我不要他的東西，我給我閨女買東西不用那個畜生花錢！」

「陳爺……那這帳我可跟誰算去呀……我這輩子沒做過這樣兒的買賣呀……它一件東西不能賣兩回呀！陳爺，您這是叫的什麼真兒呀？再說，老三這份錢我也沒處退去呀！」

陳五六把銀子往櫃檯上一拍，「這輩子沒做過的買賣，今兒就麻煩你做一回！老三那錢你愛退不退，想給誰給誰。我這錢你要也得要，不要也得要！那銀簪子是我買的！」

說罷，陳五六轉身而去。

沈師傅看著那個絕然走遠的背影，好像是忽然回過一點味兒來。不由得一陣心酸。

「可憐天下父母心哪……看來這是蓮兒喜愛的東西呀……」

自此之後，陳五六一頭紮進了自己的印房，一連幾個月都悶在屋子裡，也不許老伴兒進去看看。一直等到臘月，等到家家置辦年貨的時候，他才走出印房，把老伴兒叫到身邊：

「蓮兒她娘，跟我瞧個東西去。」

「瞧啥呀？」

「去就瞧見了。」

蓮兒她娘跟著老伴兒走到印房門口，陳五六推開門，迎著敞亮的陽光，老伴兒在印案對面的牆上看見一幅鮮豔的七彩年畫：連年有餘。畫面上一對童男童女，胸前掛著彩繪的花兜兒，側臉相對，各騎在一條大鯉魚背上。再一細看，女童的兜兜上是一朵盛開的荷花，粉紅嬌豔，映紅了女童的臉。男童的兜兜上是一朵盛開的百合花，潔白如玉。兩個歡喜活潑的孩子目光流盼，神采奕奕，簡直就要從畫上走出來和人說話。

蓮兒她娘驚呆了，「這是你畫的？」

陳五六抬起手來指著畫面，「老伴兒呀，你再細瞅瞅我手描的這幅畫樣子，你看看這倆孩子長得像誰呀？」

蓮兒她娘「哇」地一聲哭喊起來，「……這不是我蓮兒和百成嗎？這不活活的是蓮兒和百成嗎……老伴兒呀，蓮兒他爹，你畫的是咱倆的孩兒吧……是吧？」

陳五六不由得濕潤了眼睛，「蓮兒她娘，老伴兒啊，你當我這幾個月都幹什麼呢？這都是當初跟百成學的。」

蓮兒她娘走上去，撫摸著畫面，淚水漣漣地輕聲招呼，「蓮兒，百成……你倆這是又活過來啦？孩子們吶，今年個，就跟我們一塊堆兒過年吧……」

陳五六不無自豪地告訴老伴兒，「蓮兒她娘，我不光今年個打算畫他千八百張的，往後刻出版來，每年都出他萬把張的，賣給千家萬戶，讓蓮兒和百成年年兒活著過大年。你說好不好？」

「好……年年兒活著，年年兒跟著咱們，跟著大家伙兒一塊堆兒過大年……孩子們哪，你們可記著，可別忘了……年年兒來，年年兒回家過年來……」

等老伴兒平靜下來，陳五六又擺出一幅印好的神筆花鳥對聯來，「老伴兒，你再看看這幅對聯，這就是孫大人最後臨走前兒，專門留給我的：『麥浪千疇搖金穗，春風萬里畫柳眉。橫披，太平風物。』那天個，孫大人說他這副對子是借眼前的景致寫出來的。我怎麼越來越覺著，這明明寫的是千百年的盼頭啊……誰不想著千年百年的過上太平日子啊！人活在世上不就是活的這點兒盼頭嗎？可惜了兒的呀……這是個活得一點兒盼頭也沒有的人，留下來的盼頭……」

自此之後，天母河兩岸就流傳了一幅人人喜愛的七彩年畫：「連年有餘」。人們都誇讚說，「行，比常七彩一點不差，您就瞧那兩雙眼睛吧——會跟人說話兒！」

二

十年之後，辛亥革命爆發，各省各地紛紛宣布獨立，脫離滿清王朝，推翻帝制，建立共和。這期間，太行山上、天母河兩岸崛起一支隊伍，號稱太行軍。太行軍裝備精良訓練有素，打起仗來更是勇猛無比戰無不勝，一時間雄霸一方。太行軍的統帥叫聶繼志，據說是當年武衛前軍提督聶士成手下的一員猛將。也有人說，將門出虎子，其實那就是聶提督的兒子。

辛亥革命之後，隨之而來的軍閥混戰經年不衰。在軍閥們忽敵忽友的殘酷兼併和絞殺中，太行軍統帥聶繼志終於宣布下野。在天津的英租界買了一座花園洋房，頤享天年當起了寓公。他最後一次出現在公共視野中，是因為報紙上的一條新聞：

昨晚在天津鳳翔大戲院門外，前太行軍統帥聶繼志（原名張天保），被神祕槍手亂槍斃命。惜乎！一代名將未能戰死沙場之上，卻凶死於歌舞場外！

在那個年代，這類做了寓公的某某前大帥、某某前司令被祕密暗殺的戲碼層出不窮，大都成了報童們嘴裡叫賣的頭牌新聞，成了人們茶餘飯後的談資。

三

不知從什麼時候起，天石村聖母堂被當地的百姓改稱為三聖堂。天母河兩岸的人們都說，那是因為聖父聖母派了三位聖徒下凡來拯救眾生，就在那塊女媧娘娘的天石上建起了聖母堂。

三聖堂的瑪麗亞嬤嬤升天那天，天母河兩岸的人都看見了，兩岸一邊一個火焰熊熊的十字，映紅了半邊天。最神奇的是，從此以後，每年春天，青草都長起來的時候，瑪麗亞嬤嬤升天的那塊地方寸草不生，都會被四周圍的青草圍出一個金沙滿地的大大的十字。這個神蹟轟動一時，人們爭相傳頌，更有人每年春天爭相趕去跪拜。

一時間，三聖堂成了天母河兩岸信眾最多的教堂。三聖堂的聖母升天節彌撒，成了天母河地區最為盛大的宗教儀式。遵照瑪麗亞嬤嬤的願望，三聖堂建立了教會醫院，創立了東河縣有史以來，第一所新學制的小學堂。天石村也成為了聖方濟各會天母河教區的中心。

辛亥革命三十年之後，第二次世界大戰期間。在侵華日軍華北駐屯軍總司令岡村甯次指揮下，掃蕩抗日力量，強化建立治安區，施行燒光、殺光、搶光的「三光」政策。為了在占領區和遊擊區之間建立隔離帶，天石村被強迫全體併村移民到天母河東岸。聖母堂、娘娘廟、鐘樓和整個村莊一起被夷為平地。只有那塊無法撼動的巨大的天石留在了一片廢墟之中。

隔河相望，荒無人煙的天石村再一次回到洪荒年代。

四

又過了很多年，又經歷了很多滄桑之變。

日復一日。年復一年。

漸漸地，日久年深，人們就都忘了天母河邊上當年發生過的真實的事情。忘了當初有許多人真的活著，也忘了後來有許多人真的死了。

二〇二〇年六月二十九日動筆，

二〇二〇年十月五日第一稿，

二〇二〇年十月三十一日，第二稿，

二〇二〇年十一月十九日，第三稿，

庚子年十月初五，上午，於京郊寓所
二〇二一年七月二十三日校對、標明

【後記】生於意外

從《張馬丁的第八天》到《囚徒》相隔了整整十年。人生苦短，一輩子並沒有幾個十年。十年間，我筆下的天母河，照舊還是河湧大荒，川流不息。

十年間，我卻因為一場大病與世隔絕，生生把自己病成了一個「檻外人」。所謂「人車喧鬧市，困室寂無聲。」就是我的真實寫照。在最危急的前三個月，老伴兒沒有一天離開過醫院。我也不知道她從哪兒迸發出難以想像的耐心和體力。對我是一場大病，對她卻是多年的消耗和磨累。從病危的險境中醫治了兩年後，醫生們都說他們覺得很意外。醫治了五年後，我的主治大夫說這就像個奇蹟。於是我明白，自己是活在一場意外之中。如果沒有這場意外，也就沒有我，也就沒有《囚徒》。

相隔十年再次回到天母河，是重操舊業，也是從頭開始。原來的主人翁們死的死，亡的亡，一個不留。結局最好的一位也是乘桴而去不知所終。一場浩劫之後，去壓迫的和被壓迫的；去愛人的和被人愛的；去仇恨的和被仇恨的；相互屠殺的和相互扶持的；最終，芸芸眾生還是無可奈何、身不由己地活下來。最終，芸芸眾生還是都身不由己地留在了這個萬劫不復的此岸，留在了此岸的煉獄和天堂之中。就像那條天母河，既滔滔不息，又茫茫一片。

一千多年前，那位自號少陵野老的詩人杜甫就曾經嘆息道，「存者且偷生，死者長已矣！」是啊，浩劫之後總是有人活下來了。可活下來的人們又將怎樣活下去？又為什麼而活下去呢？有位哲人說過，「奧斯威辛之後寫詩就是野蠻。」可浩劫之後不可寫詩、不能再詩意化地表達自己的人們，如何活下去？又怎樣活下去？這一切難道可以是人為的抉擇嗎？在有了「奧斯威辛」之後，「人」還有自己抉擇的權利嗎？《囚徒》寫作的時間恰恰又是在庚子年。在這個庚子年裡，人類突然面臨了歷史上傳播最廣的一次瘟疫襲擊。大難臨頭，人類的醜惡和善良反覆上演。兩輪甲子，一九〇〇年的庚子浩劫至今已經整整一百二十年。冥冥之中，這是一個巧合，還是又一個意外？在這一百多年裡，我們親自見證和經歷了無數次被人創造的奇蹟，和也是被人製造出來的浩劫。在奇蹟和浩劫之間被反覆摧殘的歷史之河曲折萬端，道阻且遠。彼岸遙遙，天堂依稀。所有的應許之地，最終都像是自欺，都是像自我安慰的謊言。有史學家斷言，二十世紀是人類文明史上最血腥的世紀。現在我們又眼看著這個「最血腥」延續到了二十一世紀。面對著自己的「最血腥」捫心自問，浩劫之後活下來的人們又何去何從呢？等著我們的是再一次的歷史困境的囚禁？還是更艱難的：人就是人自己的囚徒？

於是，我的天母河兩岸活下來的人們，再一次開始了一場身不由己的生命的跋涉。「囚徒」們再一次開始了對牢獄的艱難掙脫，再一次在絕望中開始了對自己幾乎無望的救贖。

七年前十月的一個午後，我突然間暈厥倒地，眼睛裡一片黑暗，耳朵裡一片死寂，一瞬間，與世隔絕。當我從昏迷中有了一點知覺的時候，出現在眼前的是幾張晃動的人臉，可每張臉上都像是貼了一幅面膜，而且是螢光閃爍的面膜。閃光的面膜上只露出兩隻眼睛、一張嘴巴，好像三個不斷張合的黑洞。耳朵裡的一片死寂中，這三張閃著雪白螢光的臉不停地晃動。慢慢地，螢光退去。慢慢地，有了聽覺。我這才看見老伴兒滿是淚痕的臉，聽見女兒焦急萬分地呼喊……靈魂再一次回歸了肉身，生命遭遇了一次意外。

現在，我深知，這場意外不過是一次「假釋」。肉體不過是再一次暫時囚禁了靈魂。忘川滔滔，聲猶在耳……一切終將回歸永恆的黑暗。那也是日月星辰、天下萬物終將回歸的浩瀚之地。

筆耕一生，我已經懂得了，自己根本不可能也不想去描述出一個「真實」的世界。我更知道，自己無權也無意對眼前這個世界做出是非對錯的肯定判斷。浩劫之後，我們已經沒有資格站在道德高地上得意忘形。浩劫之後，我們已經沒有資格坐在浩劫的廢墟上幻想著用

「史詩」來偉大和永恆；我們更沒有資格用「苦難」和野蠻討價還價。還是讓我們記住阿多爾諾的警世恒言吧：「奧斯威辛之後寫詩就是野蠻。」從此，我們只能放棄一切妄言，用我們赤裸的身體和靈魂面對自己永世難除的野蠻和貪婪。

畢竟，所有的奇蹟和浩劫，所有的善良和醜惡，所有的文明和野蠻，都將回歸於永恆的黑暗。我唯一能做到的，就是寫下自己生命的歌哭。這歌哭也不過就是白馬過隙的一瞬間。

因為是一瞬間，因為只有一瞬間，它對我也就彌足珍貴。

辛丑年三月初五

西元二〇二一年四月十九日於京郊家中

李銳作品集 6
囚徒
天母河傳說之二

作　　者　李　銳
責任編輯　張桓瑋

版　　權　吳玲緯
行　　銷　何維民　吳宇軒　陳欣岑　林欣平
業　　務　李再星　陳紫晴　陳美燕　葉晉源
副總編輯　林秀梅
編輯總監　劉麗真
總 經 理　陳逸瑛
發 行 人　涂玉雲
出　　版　麥田出版
城邦文化事業股份有限公司
104台北市民生東路二段141號5樓
電話：(886)2-2500-7696　傳真：(886)2-2500-1967
發　　行　英屬蓋曼群島商家庭傳媒股份有限公司城邦分公司
104台北市民生東路二段141號11樓
書虫客服服務專線：(886)2-2500-7718、2500-7719
24小時傳真服務：(886)2-2500-1990、2500-1991
服務時間：週一至週五09:30-12:00・13:30-17:00
郵撥帳號：19863813 戶名：書虫股份有限公司
讀者服務信箱E-mail：service@readingclub.com.tw
麥田部落格：http://ryefield.pixnet.net/blog
麥田出版Facebook：https://www.facebook.com/RyeField.Cite/

香港發行所　城邦(香港)出版集團有限公司
香港灣仔駱克道193號東超商業中心1/F
電話：852-2508-6231　傳真：852-2578-9337

馬新發行所　城邦(馬新)出版集團〔Cite (M) Sdn Bhd.〕
41-3, Jalan Radin Anum, Bandar Baru Sri Petaling,
57000 Kuala Lumpur, Malaysia.
電話: (603) 9056-3833　傳真: (603) 9057-6622
E-mail：services@cite.my

封面設計　莊謹銘
排　　版　宸遠彩藝有限公司
印　　刷　前進彩藝有限公司

初版一刷　2022年3月

Printed in Taiwan

定價／399元
ISBN 9786263101760（平裝）
9786263101975 (EPUB)

國家圖書館出版品預行編目資料

囚徒：天母河傳說之二 / 李銳著. -- 初版. -- 臺北市：
麥田出版：英屬蓋曼群島商家庭傳媒股份有限公司城邦分公司發行, 2022.03
面：　公分. -- (李銳作品集; 6)

ISBN 978-626-310-176-0（平裝）

857.7　　110021894

cite城邦媒體 麥田出版
Rye Field Publications
A division of Cité Publishing Ltd.

廣 告 回 函
北區郵政管理局登記證
台北廣字第000791號
免 貼 郵 票

英屬蓋曼群島商
家庭傳媒股份有限公司城邦分公司
104 台北市民生東路二段141號5樓

▼

請沿虛線折下裝訂，謝謝！

讀者回函卡

cite城邦媒體

※為提供訂購、行銷、客戶管理或其他合於營業登記項目或章程所定業務需要之目的，家庭傳媒集團（即英屬蓋曼群島商家庭傳媒股份有限公司城邦分公司、城邦文化事業股份有限公司、書虫股份有限公司、墨刻出版股份有限公司、城邦原創股份有限公司），於本集團之營運期間及地區內，將以e-mail、傳真、電話、簡訊、郵寄或其他公告方式利用您提供之資料（資料類別：C001、C002、C003、C011等）。利用對象除本集團外，亦可能包括相關服務的協力機構。如您有依個資法第三條或其他需服務之處，得致電本公司客服中心電話請求協助。相關資料如為非必填項目，不提供亦不影響您的權益。

☐ 請勾選：本人已詳閱上述注意事項，並同意麥田出版使用所填資料於限定用途。

姓名：__________ 聯絡電話：__________

聯絡地址：☐☐☐ __________

電子信箱：__________

身分證字號：__________（此即您的讀者編號）

生日：____年____月____日　性別：☐男　☐女　☐其他________

職業：☐軍警　☐公教　☐學生　☐傳播業　☐製造業　☐金融業　☐資訊業　☐銷售業

☐其他 __________

教育程度：☐碩士及以上　☐大學　☐專科　☐高中　☐國中及以下

購買方式：☐書店　☐郵購　☐其他 __________

喜歡閱讀的種類：（可複選）

☐文學　☐商業　☐軍事　☐歷史　☐旅遊　☐藝術　☐科學　☐推理　☐傳記　☐生活、勵志

☐教育、心理　☐其他 __________

您從何處得知本書的消息？（可複選）

☐書店　☐報章雜誌　☐網路　☐廣播　☐電視　☐書訊　☐親友　☐其他________

本書優點：（可複選）

☐內容符合期待　☐文筆流暢　☐具實用性　☐版面、圖片、字體安排適當

☐其他 __________

本書缺點：（可複選）

☐內容不符合期待　☐文筆欠佳　☐內容保守　☐版面、圖片、字體安排不易閱讀　☐價格偏高

☐其他 __________

您對我們的建議：__________

____